38106000015867

468.6
'E

DEL NORTE MIDI

D0251012

LA ISLA DE LOS DELFINES AZULES

Scott O'Dell

LA ISLA DE LOS DELFINES AZULES

NOGUER Y CARALT editores

Título original
Island of the Blue Dolphins

© 1960, by Scott O'Dell

© 1964, Editorial Noguer, S.A.
Santa Amelia 22, Barcelona

Reservados todos los derechos

ISBN: 84-279-3108-5

Traducción: Agustín Gil Lasierra

Cubierta e ilustraciones: R. Riera Rojas

Decimoctava edición: septiembre 2001

Impreso en España - Printed in Spain
Limpergraf, S.L., Barberà del Vallès
Depósito legal: B - 29394 -2001

Para
los chicos de los Russell:
Isaac
Dorsa
Clare
Gillian
y Felicity
y también para Eric, Cherie
y Twinkle.

Introducción

La obra de Scott O'Dell siempre ha sido cálidamente recibida por críticos y lectores, pero nunca con tanto impacto como La isla de los delfines azules. Basado en la historia real de una indígena adolescente de la comunidad Ghalas-at, la cual pasó dieciocho años sola en la isla de San Nicolás, cerca de California, el libro es un verdadero canto al deseo de supervivencia.

Durante la evacuación de los Ghalas-at, y con el fin de permanecer junto a su hermano, al que habían abandonado, Karana salta del barco y nada hacia la isla. No obstante, el pequeño muere al poco tiempo y la joven se enfrenta entonces a la soledad y al desamparo. Karana aparece enfadada y temerosa al principio, pero a medida que transcurren los años se convertirá en una serena y compasiva adulta, capaz de expresar su amor hacia su única compañía, las criaturas salvajes.

La isla en cuestión se encuentra próxima a la casa natal del propio Scott O'Dell, circunstancia que facilitó su conocimiento acerca de Karana, la «Mujer Perdida de San Nicolás».

En 1961, La isla de los delfines azules fue premiada con la medalla Newbery, la más alta condecoración que se otorga en los EE.UU. a la literatura juvenil. Tras su paso por el cine, la obra sigue siendo una de las preferidas por los jóvenes lectores. Junto a este galardón, el autor norteamericano ostenta el premio Andersen, de carácter internacional, concedido por el conjunto de su producción literaria.

Scott O'Dell, nacido en 1898, fue descendiente directo de Sir Walter Scott. Trabajó en el cine de Hollywood durante los años 20, y durante la Segunda Guerra Mundial sirvió en la Fuerza aérea estadounidense. Desde 1960, y tras un período en que se inició en la literatura para adultos, se dedicó a escribir libros para jóvenes.

«Sólo tengo —confesó— una razón para escribir: tener algo que decir. Yo abandoné la literatura para adultos porque éstos no cambiarán. Los jóvenes sí pueden cambiar y, de hecho, cambian.»

Su obra es un modelo de ficción histórica. Su narrativa se crea siempre a través de importantes detalles de la realidad. Los conceptos, los diálogos, los personajes fluyen juntos sin apenas esfuerzo. Los protagonistas de sus obras se funden en el tiempo y en el espacio de la narración.

Scott O'Dell siente un profundo cariño por la costa californiana, donde vivió y jugó cuando era un niño y donde nadó y navegó de adulto. Antes de morir pidió a sus parientes que sus cenizas fuesen arrojadas al Océano Pacífico. De acuerdo con su deseo, su esposa Elisabeth y otros miembros de su familia volaron a California cuando el escritor murió y, desde el bote que fletaron, esparcieron sus cenizas, brindaron con champán y vertieron algunas gotas al mar en señal de tributo. Cuando el bote inició su regreso, una docena de delfines los escoltó hasta la misma entrada del puerto «La Misión», en la bahía de San Diego. Los lectores de La isla de los delfines azules podrán imaginar esta misma escena cuando lean sobre la ayuda que recibe Karana de los delfines azules al intentar regresar a casa.

ZENA SUTHERLAND, *Profesor Emeritus de la Universidad de Chicago*

Capítulo 1

R ecuerdo el día que vino el barco aleutiano a nuestra isla. Al principio parecía una concha cualquiera flotando sobre el mar. Luego se fue haciendo más grande, y se convirtió en una gaviota con las alas plegadas. Al cabo, bajo el sol que subía en el horizonte, vimos claramente lo que era en realidad: un barco pintado de rojo, con las velas del mismo color.

Mi hermano y yo habíamos ido al extremo superior de un cañón que baja retorciéndose hasta una pequeña bahía llamada la Caleta del Coral. Pensábamos recoger allí raíces de las que crecen en primavera.

Ramo era un chico de apenas la mitad de mi edad —yo tenía a la sazón doce años— y más bien pequeño para alguien que ha vivido ya tantas lunas y tantos soles. Rápido como un saltamontes, y tan loco como ellos cuando se excitaba. Por esa razón, y porque quería que me ayudara a recoger raíces, en vez de salir de estampía como hubiera hecho, no le dije nada acerca de la conchita que flotaba en las aguas, o de la gaviota de alas plegadas.

Seguí escarbando entre los matorrales con mi bastón aguzado, como si nada ocurriera en el mar. Continué así incluso después de estar segura de que la gaviota era en realidad un barco con dos velas rojas.

Claro que los ojos de Ramo eran de los que no dejan nada sin registrar: poco es lo que se le escapaba en este mundo. Tenía unos ojos negros como los de un lagarto, muy grandes y, como los de ese animal, a veces parecían somnolientos. En cuyo preciso instante es cuando veían las cosas con la máxima agudeza. Y así estaban ahora, medio cerrados, como los de un reptil agazapado en la roca, a punto de proyectar su lengua en el aire para cazar al vuelo una mosca.

—El mar está tranquilo —dijo Ramo—. Parece una piedra llana y lisa, sin ninguna grieta.

A mi hermano le gustaba fingir que una cosa era otra en realidad.

—No, el mar no es una piedra lisa —dije—. Es mucha agua y sin olas ahora.

—Para mí es una piedra azul —contestó—. Y allá lejos, al borde, tiene una nubecita sentada encima.

—Las nubes no se sientan en las piedras. Aunque sean azules o negras, o de cualquier clase.

—Ésta sí lo hace.

—No, en el mar, no —respondí—. En el mar se sientan los

delfines, y las gaviotas, y los cormoranes; o también las nutrias marinas, y aun las ballenas; pero las nubes, nunca.

—Entonces a lo mejor es una ballena.

Ramo estaba apoyándose alternativamente, primero en un pie y luego en el otro, vigilando atento la llegada del navío, aun cuando no sabía que era un barco porque nunca había visto uno antes. Tampoco yo los había visto, pero sí estaba enterada de su existencia, y del aspecto que tenían, porque los mayores me lo habían referido en ocasiones.

—Mientras tú te dedicas a contemplar el mar —le dije—, aquí me tienes desenterrando raíces. Y yo seré la que me las coma; tú, desde luego, no.

Ramo empezó a pinchar la tierra con su palo, pero conforme el buque se fue acercando y acercando, con sus velas rojas visibles entre la neblina mañanera, siguió mirándolo, haciendo a veces como que no lo observaba.

—¿Has visto alguna vez una ballena de color rojo? —me preguntó.

—Claro que sí —repuse—, aunque jamás las había visto de tono semejante.

—Las que yo he visto eran de color gris.

—Tú eres aún muy joven, y no conoces todos los animales marinos del mundo.

Ramo encontró una raíz. Estaba a punto de echarla al cesto cuando, de pronto, su boca se abrió mucho y luego se cerró enseguida otra vez.

—¡Una canoa! —gritó—. ¡Muy grande, más que todas las nuestras juntas! ¡Y además, es roja!

Canoa o buque, la cosa no ofrecía diferencia, según Ramo. Antes de haberle dado tiempo a respirar siquiera, ya había lanzado por los aires la raíz y corría entre los matorrales, chillando con toda la fuerza de sus pulmones.

Yo seguí recogiendo raíces, pero la verdad es que mis manos temblaban al escarbar la tierra, porque estaba mucho más excitada que mi hermano. Sabía que aquello era un barco —y no una canoa— y también que la aparición de un navío podía significar montones de cosas. Quería tirar el palo aguzado y salir corriendo como Ramo, pero continué mi labor de desenterrar raíces porque era un alimento que necesitaban en la aldea.

Cuando hube llenado el cesto, el barco aleutiano había navegado ya dando la vuelta al banco de algas que protege nuestra isla, y luego entre las dos rocas que guardan de los embates del mar la Caleta del Coral. Alguien había avisado ya a la aldea de Ghalas-at. Llevando sus armas, nuestros hombres se precipitaron por el sendero que baja dando vueltas hasta alcanzar la playa. Las mujeres del poblado se habían congregado sobre una meseta, en el extremo de las colinas que se desploman formando un acantilado por encima del agua.

Me deslicé entre los arbustos y espesos matorrales hasta llegar, suave y rápidamente, a la parte inferior de una cañada, acercándome también a las colinas que dominaban el mar. Una vez allí me apoyé en rodillas y manos. Ante mí, y en un plano inferior, tenía la cala que he citado. La marea estaba baja y el sol brillaba con fuerza sobre la arena blanca de la playita que se formaba en la caleta. La mitad de los hombres de nuestro poblado esperaban en línea al borde del agua. El resto se había ocultado entre las rocas del final del sendero de acceso, listo para lanzarse sobre los intrusos si mostraban intenciones poco amistosas.

Estaba arrodillada entre las hierbas y el matorral, procurando no resbalar y caer acantilado abajo, a la vez que intentaba ocultarme, sin por ello dejar de ver y oír, cuando un bote se separó del barco. Remaban en él seis hombres con unos remos muy largos. Sus rostros eran anchos, y el brillante cabello negro les caía sobre la cara. Cuando se hubieron acercado algo más vi que llevaban adornos de hueso atravesándoles la nariz.

Detrás de los que remaban, en la popa del bote, estaba de pie un hombre alto, de barba amarillenta. Yo nunca había visto hasta entonces un ruso, pero mi padre me contó de su existencia en otras ocasiones, y me preguntaba a mí misma, viéndolo allí plantado, con sus pies muy separados, los puños en las caderas, y contemplando la caleta y sus contornos como si todo aquello le perteneciera ya, si sería acaso uno de los hombres del Norte que tanto temía nuestra gente. Estaba segura de ello al deslizarse el bote un tanto sobre la arena, y saltar él a la playa, gritando al mismo tiempo en semejante tono.

Su voz despertó numerosos ecos en todas las paredes del acantilado que rodeaba la cala. Pronunciaba unas palabras muy extrañas, distintas por completo a cuanto hasta entonces había oído yo como lenguaje. Después, vacilante y muy despacio su habla, se dirigió a los guerreros en el idioma que era el nuestro.

—Vengo en son de paz y deseo parlamentar —avisó a los hombres de la tribu que estaban vigilantes en la orilla.

Ninguno le contestó, pero mi padre —que era uno de los que se ocultaron entre las rocas— salió de su escondite y empezó a dirigirse hacia él cuesta abajo, hasta llegar a la orilla. Clavó con fuerza su azagaya en la arena.

—Soy el jefe de Ghalas-at —dijo—. Y mi nombre es Jefe Chowig.

Me sorprendió muchísimo que diera su auténtico nombre a un extranjero. Todo el mundo tenía en nuestra tribu dos nombres, el auténtico, el de veras, que era secreto y raramente se usaba, y otro, digamos «corriente», para utilizarlo en el trato normal. Esto se hacía así porque si la gente usa su nombre secreto, acaba por desgastarlo, y luego pierde su magia. De ese modo a mí me llamaban Won-a-pa-lei, que significa «La Muchacha de la Larga Cabellera Negra», aun cuando mi nombre secreto eran Karana. En cambio, el nombre oculto de mi padre era Chowig, y desconozco las razones que tuviera para decírselo a un extraño.

El ruso sonrió y adelantó su mano, presentándose como capitán Orlov. Mi padre levantó el brazo. Desde donde yo estaba no podía verle el rostro, pero dudo mucho que correspondiera a la sonrisa de Orlov.

—Vengo aquí con cuarenta hombres —dijo el ruso—. Venimos para cazar nutrias marinas. Deseamos acampar en vuestra isla mientras estemos de cacería.

Mi padre no dijo una palabra. Era un hombre alto, aunque no tanto como el capitán Orlov, y se quedó allí de pie, con sus hombros desnudos echados hacia atrás, pensando en lo que el ruso le había dicho. No tenía ninguna prisa en contestar, porque ya en otra ocasión los aleutianos aparecieron en nuestra isla para cazar. Hacía mucho tiempo de ello, pero mi padre lo recordaba bien.

—Tú recuerdas ahora otra cacería —dijo el capitán Orlov al ver que mi padre no contestaba—. Yo también he oído hablar de la misma. La dirigía el capitán Mitriff, que era un estúpido, y ahora está muerto. Las dificultades se produjeron porque tú y los de tu tribu hicisteis todo el trabajo.

—Nosotros estuvimos cazando —confirmó mi padre—. Pero ese que tú llamas tonto no quería que descansáramos. Nos hacía perseguir a las nutrias desde la mañana hasta la noche. Un día y otro, sin reposo.

—Esta vez tú y los tuyos no tendréis que hacer nada —indicó el capitán Orlov—. Mis hombres harán toda la faena, y luego dividiremos las capturas. Una parte para vosotros, que os pagaremos en mercancías, y dos partes para nosotros.

—Las partes deben ser idénticas —avisó mi padre.

El capitán Orlov echó una ojeada al mar.

—Podemos hablar de eso más tarde, cuando todos mis suministros y equipo estén seguros en tierra.

La mañana estaba en calma, y apenas si soplaba un ligero vientecillo, pero habíamos iniciado ya la estación en que cabe esperar se produzcan tormentas; así que pronto comprendí por qué le corría tanta prisa al ruso refugiarse en nuestra isla.

—Es mejor llegar a un acuerdo antes —observó mi padre.

El capitán Orlov se alejó un par de pasos de él, luego se volvió y le miró recto a los ojos.

—Una parte para vosotros, y dos para nosotros; me parece lo justo. Nosotros somos los que haremos el trabajo, y los que correremos los riesgos.

Mi padre movió negativamente la cabeza.

El ruso se rascaba la barba. Luego dijo:

—Puesto que el mar no es vuestro, ¿por qué tendríamos que daros nada?

—El mar que rodea la isla de los Delfines Azules es nuestro —contestó mi padre. Hablaba muy tranquilo, demasiado quizá. Señal segura de su enfado.

—¿Desde aquí a Santa Bárbara? ¿Veinte leguas de mar?

—No. Tan sólo el que rodea a la isla. La zona donde vive la nutria...

El capitán Orlov emitió ciertos sonidos con la garganta, como una tos. Miró hacia los hombres de la tribu que estaban alineados al borde del agua, y a los demás que habían ido saliendo de entre las rocas. Luego contempló a mi padre, y se encogió de hombros. Finalmente sonrió, mostrando sus largos dientes. Dijo:

—Las partes serán idénticas. La mitad para cada uno.

Algo más pronunció, pero no pude oírlo porque, justo en aquel instante, la excitación que me dominaba hizo que diera un golpe a una piedra, y ésta cayó enseguida retumbando por el acantilado, y fue a parar a los pies del ruso. Todo el mundo miró hacia arriba. Con silencio y precaución me retiré de entre los arbustos, y luego empecé a correr, sin parar hasta haber llegado a la meseta donde estaban las mujeres de la tribu.

Capítulo 2

E L capitán Orlov y sus cazadores aleutianos se trasladaron a tierra aquella misma mañana, haciendo numerosos viajes entre el barco y la playa de la Caleta del Coral. Como esa playa no era muy grande, y además se inundaba casi por completo al subir la marea, pidió permiso para acampar en un nivel más elevado. Mi padre accedió a ello.

Quizá debiera empezar explicando algo acerca de nuestra isla, para que sepan los que me leen cómo es, dónde estaba el poblado, y en qué zona acamparon los aleutianos durante casi todo aquel verano.

Nuestra isla tiene dos leguas de largo y una de ancho. Si uno se coloca en cualquiera de las colinas que se alzan en el centro, tendría la impresión de que parece un pez. Como un delfín que se hubiera echado de lado, con su cola apuntando a levante y su morro a poniente, en tanto que las aletas las constituyen algunos arrecifes y bajíos que están no lejos de la orilla. No sé si la isla acabó llamándose «de los Delfines Azules» a causa de su contorno general, porque alguien la bautizó así en los primeros días del mundo, cuando la Tierra estaba en formación y él se puso a contemplarla desde las colinas —no muy altas— que hay en mitad de su territorio. Es posible. Por otro lado, se da la circunstancia de que en aguas cercanas a nuestra isla abundan los delfines, y quizá de ahí derive el nombre. En fin, sea como fuere, la cuestión es que la llamábamos como he dicho.

Lo primero que notaba uno en relación con la isla, creo yo, es el viento. Sopla allí casi cada día. A veces procedente del noroeste, en otras ocasiones del este, de cuando en cuando desde el sur. Todos los vientos que azotan a nuestra isla —excepto el del sur— son fuertes, y su acción ha dado a las colinas un suave relieve.

16

También se debe al viento que los árboles sean pequeños y retorcidos, aun en el cañón que termina en la Caleta del Coral.

El poblado de Ghalas-at estaba al este de las colinas, sobre una pequeña meseta, no lejos de la Caleta del Coral y de una fuente pura. Alrededor de media legua más al norte hay otro buen manantial, y allí fue donde los aleutianos plantaron sus tiendas. Están hechas de pieles, y las colocan tan a ras del suelo que los hombres han de entrar en ellas arrastrándose sobre la boca del estómago. Al anochecer podíamos ver el resplandor de sus hogueras.

Aquella noche mi padre previno a todos los del poblado de Ghalas-at para que no visitaran el campamento de los cazadores extranjeros.

—Los aleutianos vienen de un país muy lejano, hacia el norte —les dijo—. Ni sus costumbres ni su lenguaje son como los nuestros. Han venido a cazar nutrias y a compartir con nosotros muchas mercancías que tienen, y que nosotros podremos usar. De esta manera algo saldremos ganando. Pero nada obtendremos ofreciéndoles nuestro apoyo y amistad. Son gente que no entiende de amistades. No son los mismos que vinieron ya antes a la isla, pero sí pertenecen a la tribu que causó tantas dificultades hace ya años.

Las palabras de mi padre fueron obedecidas. No fuimos al campamento de los aleutianos, y ellos tampoco se presentaron en nuestro poblado. Pero eso no quiere decir que ignorásemos lo que estaban haciendo en la isla, cuáles eran sus comidas —sólo las guisaban—, cuántas nutrias mataban cada día, y muchas otras cosas. Siempre había alguien de la tribu vigilando desde los acantilados cuando cazaban, o desde un barranco cuando estaban en su campamento.

Ramo, por ejemplo, apareció trayéndonos noticias del capitán Orlov.

—Por la mañana, cuando sale a rastras de su tienda, se sienta en una roca y se peina la barba hasta dejársela reluciente como el ala de un cormorán —dijo mi hermano.

Mi hermana Ulape, que tenía dos años más que yo, era la que recogió la novedad más curiosa de todas. Juraba y perjuraba que había una chica aleutiana entre los cazadores llegados a la isla.

—Se viste con pieles; igual que los hombres —afirmaba Ulape—. Pero lleva un gorro de piel, y por debajo de él le sale un pelo espeso que le llega al pecho.

Nadie creyó a Ulape. Todos acogieron con risas la idea de que los cazadores se preocuparan de traer alguna de sus mujeres consigo en aquel viaje.

También los aleutianos vigilaban nuestro poblado. De no ser así jamás hubieran sabido la buena suerte que descendió sobre la tribu poco después de su llegada.

Las cosas ocurrieron de este modo: a comienzos de la primavera hay todavía poca pesca en aguas cercanas a nuestra residencia. La revuelta mar invernal, y los vientos fuertes, hacen que los peces desciendan hacia zonas más profundas, y allí permanecen hasta que el tiempo se ha calmado. Durante esta estación es muy difícil capturarlos. En invierno la tribu come poco; principalmente se alimenta de semillas recolectadas en el otoño, y guardadas para más adelante.

La noticia de nuestra buena suerte la trajo una tarde tormentosa Ulape, que nunca estaba quieta. Había ido mi hermana a un arrecife situado en la parte oriental de la isla, con la esperanza de recoger mariscos. Estaba trepando por un acantilado, ya de regreso a casa, cuando oyó un sonoro ruido a espaldas suyas.

Al principio, Ulape no veía cuál pudiera ser la causa de aquel ruido. Pensó que sería el viento resonando en las cuevas de dicha zona, y estaba a punto de irse cuando notó unas sombras plateadas en el fondo de la caleta.

Las sombras se movían, y entonces comprendió que se trataba de unas cuantas lubinas, cada una de ellas tan grande como la propia Ulape. Perseguidas por ballenas blancas, que se lanzan sobre dichos animales cuando no hay en las cercanías focas o lobos marinos, las lubinas habían intentado escapar nadando hacia la orilla. Pero llenas de terror como estaban, no se dieron cuenta de la verdadera profundidad del agua, y quedaron atrapadas en el roquizo arrecife.

Ulape dejó caer su cesto lleno de mariscos y salió corriendo hacia el poblado, llegando tan falta de aliento que únicamente podía gesticular, sin decir palabra, señalando en dirección a la orilla.

Las mujeres preparaban a la sazón la cena, pero todas abandonaron sus quehaceres y fueron a reunirse en torno a mi hermana, esperando que hablase.

—Una porción de lubinas —pudo decir al cabo.

—¿Dónde? ¿Dónde? —preguntaron todos, impacientes.

—Allí; sobre las rocas. Una docena. Puede que más.

Antes de que Ulape terminara de expresarse ya estábamos corriendo hacia la orilla, esperando poder llegar a tiempo antes de que las lubinas hubieran vuelto al mar dando coletazos, o bien una ola repentina las hubiese arrastrado de nuevo al océano.

Alcanzamos el borde del acantilado y miramos hacia abajo. La bandada de lubinas se encontraba donde la viera mi hermana, relumbrando al sol. Pero como la marea estaba alta, y ya empezaban las primeras olas a lamer el fondo donde estaban prisioneros los peces, no teníamos tiempo que perder. Una a una las llevamos fuera del alcance de la marea. Luego, transportando un par de mujeres cada lubina, porque todas eran del mismo tamaño, enormes y muy pesadas, las subimos hasta lo alto del farallón, y finalmente al poblado.

Con aquel alimento cenaron todos los de la tribu aquella noche y la siguiente, pero al otro día, bien de mañana, aparecieron dos aleutianos en la aldea y pidieron hablar con mi padre.

—Tenéis pescado —afirmó uno de los aleutianos.

—Sólo el suficiente para mi pueblo —contestó mi padre.

—Vosotros habéis capturado catorce peces —concretó el visitante.

—Solamente nos quedan siete. Ya comimos el resto.

—De los siete podéis cedernos un par.

—Vosotros sois cuarenta en el campamento —le contestó mi padre—, y en conjunto más que mi tribu. Además, tenéis pescado: trajisteis pescado seco para vuestro consumo.

—Estamos cansados de comerlo siempre seco —dijo el aleutiano.

Era un hombre de corta talla, que apenas llegaba a los hombros de mi padre, y con unos ojos como piedrecitas negras. Tenía la boca como el filo de un cuchillo de piedra. El otro aleutiano se le parecía bastante.

—Sois cazadores —dijo mi padre—. Id, pues, a capturar la caza, a pescar vuestro pescado fresco si os cansáis del que tenéis. A mí sólo me toca preocuparme de mi gente.

—Le diremos al capitán Orlov que no quieres compartir tu pescado.

—Sí, podéis decírselo —propuso mi padre—. Pero también debéis contarle por qué razones lo hago.

El aleutiano murmuró algo a su camarada y ambos empezaron a caminar con sus piernas cortas y robustas, atravesando la zona de dunas arenosas que separaba nuestro poblado de su campamento.

En mi tribu consumimos el resto de la captura aquella noche, y hubo mucha fiesta y regocijo con el banquete. No sabíamos, cuando cantábamos y engullíamos las lubinas, y los viejos del poblado relataban junto al fuego historias pasadas, que pronto iba a traer mala suerte a la aldea de Ghalas-at nuestra afortunada captura.

Capítulo 3

Los grandes bancos de algas que rodean a nuestra isla por tres lados llegan muy cerca de la orilla, y por el lado opuesto se internan bastante en el mar. En esos profundos bancos, aun en días de fortísimo viento, cazaban siempre los aleutianos. Abandonaban la orilla al amanecer, bogando en sus canoas de piel, y nunca volvían antes de caer la noche, llevando a remolque de la popa de sus embarcaciones todas las nutrias cazadas ese día.

La nutria marina, cuando nada, se parece a la foca o al lobo marino, pero en realidad es muy diferente. Tiene un morro más chato que la foca, extremidades con dedos unidos por una membrana en vez de aletas continuas; y su piel es más espesa y de mucha mayor belleza. La nutria gusta de tenderse sobre el lomo en los bancos de algas, flotando arriba y abajo al compás del movimiento del oleaje, tomando el sol o durmiendo. Son los animales marinos más juguetones que existen.

Estas criaturas eran las que los aleutianos cazaban para obtener sus hermosas pieles.

Desde el acantilado podía verles yendo activamente de aquí para allá, recorriendo con incesante movimiento los bancos de algas, casi a ras del agua, y sus largos venablos lanzados como flechas contra las nutrias. Al oscurecer, los cazadores traían su presa a la Caleta del Coral, y en la misma playa desollaban a los animales, descarnando luego su esqueleto. Dos hombres, encargados también de afilar sus venablos, se dedicaban a dicha tarea hasta altas horas de la noche, laborando afanosos a la luz de unas hogueras de algas secas. A la mañana siguiente la playa estaba sembrada de restos, y el oleaje tinto en sangre.

Muchos miembros de nuestra tribu se asomaban cada noche al farallón para contar el número de capturas de esa jornada. Tomaban nota mentalmente del número de nutrias muertas, y se regocijaban pensando en la cantidad de cuentas de cristal y otras cosas que cada piel suponía para ellos. Pero por mi parte nunca me llegué hasta la cala, y siempre que veía a los cazadores bogando a ras del agua, lanzando aquí y allá sus dardos, me sentía enfurecida. Las nutrias eran amigas mías. Resultaba divertidísimo verlas jugar o retozar unas con otras en su sitio favorito: el banco de algas. A mí, al menos, me gustaba más contemplar esa escena que pensar en collares de cuentas para mi cuello.

Una mañana hablé del asunto con mi padre:

—Apenas quedan una docena de nutrias en los bancos de algas que hay alrededor de la Caleta del Coral. En cambio, antes de que los aleutianos llegaran aquí había muchas.

—También quedan aún en otros puntos de la costa —me replicó sonriendo ante mi infantil observación—. Cuando los cazadores se marchen, volverán las nutrias.

—Para entonces no quedará ninguna. Ya habrán acabado con ellas los cazadores. Esta mañana han ido hacia el sur. Después irán cambiando de sitio sin parar.

—Tienen el barco lleno de pieles. Dentro de una semana, los aleutianos tendrán que marcharse.

Estaba segura de que mi padre así lo estimaba, porque dos días antes había mandado a algunos miembros jóvenes de la tribu a construir una canoa con un gran madero que las olas habían arrojado a la playa.

En nuestra isla no hay más árboles que esos pequeños y retorcidos que antes dije, castigados permanentemente por el viento. Cuando algún madero, arrastrado por las corrientes, aparecía en las playas, siempre lo llevábamos al poblado y lo vaciábamos para fabricar una canoa; no fuera que dejándolo en la arena el mar volviera a llevárselo. Que los hombres trabajaran en el madero allí mismo, en la cala, y durmieran junto a él por la noche, significaba sencillamente que debían vigilar a los aleutianos, para dar la alarma en caso de que el capitán Orlov intentara hacerse a la vela de pronto, con el fin de no pagarnos las nutrias capturadas.

Todo el mundo temía que así lo hiciera, así que, aparte de los miembros de la tribu que estaban en la caleta, otros se encargaban de vigilar directamente el campamento mismo de los aleu-tianos.

Cada hora llegaba alguien trayendo noticias. Ulape nos dijo que la mujer aleutiana se pasó toda una tarde limpiando sus faldas de piel, cosa que no hiciera desde la llegada a la isla. Una maña-na, muy temprano, Ramo comunicó que acababa de ver al capi-tán Orlov peinándose con todo esmero la barba, lo mismo que cuando arribó por vez primera. Los aleutianos encargados de afi-lar los venablos para la caza dejaron aquella tarea para consagrar-se exclusivamente a la de desollar las nutrias que sus camaradas traían invariablemente al anochecer.

En el poblado de Ghalas-at sabíamos bien que el capitán Orlov y sus cazadores estaban preparándose para abandonar la isla. ¿Pen-sarían pagarnos las nutrias muertas o, por el contrario, imagina-ban podernos burlar escapando a favor de la noche? ¿Acaso ten-drían que luchar nuestros guerreros para obtener una justa partici-pación en las capturas habidas?

Ésas eran las preguntas que todo el mundo se hacía mientras los aleutianos se dedicaban a ultimar sus preparativos. Todos ha-blaban de lo mismo. Excepto mi padre, que nada decía, pero que cada noche trabajaba en la nueva lanza que estaba preparando.

Capítulo 4

Los aleutianos partieron un día nublado. Procedentes del norte unas olas muy grandes asaltaban las costas de la isla. Se estrellaban contra las rocas de los arrecifes, y tronaban en el interior de las cuevas cercanas al mar, llenándolo todo de surtidores de blanca espuma. Era evidente que antes de la noche estallaría una tormenta.

Poco después del amanecer los aleutianos desmontaron sus tiendas y bajaron con ellas hasta la playa de la Caleta del Coral.

El capitán Orlov no le había pagado a mi padre las nutrias muertas por sus hombres. Cuando llegaron al poblado noticias de que los cazadores habían desmontado sus tiendas, toda la tribu en bloque abandonó el poblado y salió corriendo hacia la cala donde embarcarían. Los hombres, arma en mano, iban en cabeza, seguidos de las mujeres. Los guerreros de la tribu tomaron el sendero que descendía dando vueltas hasta la playa, pero las mujeres, por su parte, se escondieron entre los arbustos del acantilado que la dominaba.

Ulape y yo fuimos juntas hasta el extremo del arrecife en el que me había escondido antes de llegar los cazadores.

La marea estaba baja y las rocas, así como la estrecha zona playera, aparecían casi llenas de fardos de pieles de nutria. La mitad de los cazadores estaban en el buque. El resto vadeaba con el agua hasta la cintura, cargados con bultos, arrojándolos luego en la canoa que esperaba. Los aleutianos reían y bromeaban sin dejar de trabajar, contentos al parecer de abandonar la isla.

Mi padre estaba hablando con el capitán Orlov. No podía oír

su conversación a causa del ruido que hacían los cazadores, pero a juzgar por los movimientos de cabeza de mi padre, sabía que no estaba contento.

—Está furioso —susurró Ulape.

—No, todavía no —le dije—. Cuando está enfadado de veras suele tirarse de la oreja.

Los hombres que acarreaban fardos hasta la canoa habían dejado de trabajar y contemplaban en silencio a mi padre y al capitán Orlov. Los guerreros de nuestra tribu estaban tensos, al extremo del sendero que desembocaba en la caleta.

La canoa, repleta de pieles, partió en dirección al navío. Cuando llegaba al barco, el capitán Orlov alzó el brazo desde la playa e hizo una señal. Al regresar de nuevo la canoa a la playa traía un cofre negro que dos de los cazadores depositaron sobre la arena.

El capitán Orlov levantó la tapa del cofre y extrajo varios collares. Había escasa luz ambiente, pero aun así las cuentas centelleaban conforme las iba moviendo hacia uno y otro lado. Junto a mí, Ulape contenía el aliento embargada por la excitación, y podíamos oír los gritos de placer de las mujeres de la tribu que se hallaban escondidas entre los matorrales.

Pero aquellos gritos de entusiasmo cesaron como por ensalmo cuando mi padre negó con la cabeza y volvió la espalda al cofre. Los aleutianos permanecían silenciosos. Nuestros hombres abandonaron su guardia al final del sendero, y empezaron a avanzar unos cuantos pasos, esperando sin duda la señal de mi padre.

—Una vuelta de cuentas de cristal por cada piel de nutria no es lo que habíamos convenido —dijo mi padre.

—Una vuelta, y una punta de hierro para fabricar una lanza —concretó el capitán Orlov levantando los dedos en el aire.

—El cofre no contiene todo eso —replicó mi padre.

—Pero es que hay más cofres en el barco —explicó el ruso.

—Pues entonces, tráelos a la playa. Tenéis ya vosotros en el buque ciento cinco fardos de pieles, y quince más aquí, en la caleta. Necesitará otros tres cofres del mismo tamaño.

El capitán Orlov dijo algo a sus aleutianos que yo no pude entender, pero pronto quedó aclarada la significación de sus órdenes. Había muchos cazadores en la caleta, y en el momento en que se lo mandó, comenzaron a llevar aprisa más y más fardos hasta la canoa.

Junto a mí, Ulape estaba casi sin respiración.

—¿Crees que nos entregarán los demás cofres? —susurró a mi oído.

—No confío en esa gente.

—Cuando tengan toda la carga en el buque intentarán escapar.

—Posiblemente.

Los cazadores aleutianos tenían que pasar junto a mi padre para llegar a la canoa, y cuando el primero de ellos se le acercó, mi padre se cruzó en su camino.

—El resto de los fardos tiene que quedarse aquí —dijo, mirando de frente al capitán Orlov —hasta que los cofres estén en la playa.

El ruso se enderezó secamente y señaló con la mano las nubes que galopaban por el espacio en dirección a la isla.

—Pienso cargar antes de que llegue la tormenta —avisó.

—Pues entonces dame los otros cofres, y yo te ayudaré con nuestras canoas —contestó mi padre.

El capitán Orlov quedó silencioso. Su vista recorrió despacio toda la caleta. Miró a nuestros hombres, que estaban de pie sobre una roca a una docena de pasos. Luego dirigió la mirada hacia los farallones, y de nuevo se fijó en mi padre. Después habló con sus aleutianos.

En realidad, no sé lo que ocurrió primero, si fue mi padre quien atacó al cazador cuyo camino cerraba vigilante, o bien si este hombre —que llevaba un fardo de pieles a la espalda— dio un empellón a mi padre echándolo bruscamente a un lado. Todo sucedió tan aprisa que no podría asegurar una u otra cosa. Pero cuando me levanté de un salto, Ulape chilló, y sonaron otros gritos por todo el acantilado, y vimos un cuerpo que yacía sobre las rocas. Era el de mi padre, quien tenía el rostro ensangrentado. Con cierta lentitud acabó irguiéndose.

Con sus lanzas amenazadoramente empuñadas, nuestros hombres corrieron, atravesando el arrecife para enfrentarse con sus adversarios. En aquel instante apareció una nubecilla blanca en un costado del barco. Un fuerte ruido originó gran eco en los farallones. Cinco de nuestros guerreros cayeron, permaneciendo luego inmóviles.

Ulape volvió a proferir un alarido, y lanzó un pedazo de roca en dirección a la caleta. El proyectil cayó junto al capitán Orlov sin hacerle daño alguno. Empezaban a llover piedras en la cala, procedentes de diversos puntos a lo largo del acantilado, y varias de ellas hicieron blanco en los cazadores aleutianos. Nuestros guerreros trabaron entonces combate con ellos, y ya fue muy difícil distinguir los cuerpos de unos y de los otros.

Ulape y yo nos quedamos asomadas al vacío, contemplando con desesperación la lucha, pero sin tirar más piedras porque temíamos herir a nuestros propios guerreros.

Los aleutianos abandonaron sus fardos de pieles sobre la arena, y sacaron de la funda sus cuchillos. La línea que formaban los combatientes de cada bando se prolongaba a lo largo de la playa. Caían algunos hombres sobre la arena, para volver a levantarse y pelear con más encarnizamiento. Otros, en cambio, se derrumbaban para no levantarse más. Mi padre estaba entre los últimos.

Durante bastante tiempo tuvimos la impresión de que íbamos a acabar ganando el combate, pero el capitán Orlov, que salió remando en dirección a su buque al empezar la batalla, regresaba ya con más aleutianos.

Nuestros hombres fueron retrocediendo, sin dejar de luchar, con la espalda hacia el acantilado. Quedaban ya pocos, y sin embargo combatían sin ceder apenas terreno.

Empezó a soplar un fuerte viento. De pronto, el capitán Orlov y sus hombres dieron media vuelta y emprendieron veloz carrera hacia la canoa. Los nuestros no les persiguieron. Una vez llegados al barco los cazadores, se izaron las velas y el navío avanzó despacio entre los dos peñascos que protegen el acceso a la caleta.

Antes de desaparecer el buque pudo observarse una nubecilla de humo en el puente. Bajábamos Ulape y yo corriendo hacia la playa cuando un chirriante sonido —como el de un pájaro volando velozmente— zumbó por encima de nuestras cabezas.

La tormenta estalló en aquel momento, azotando la lluvia nuestros rostros. Enseguida aparecieron otras mujeres corriendo junto a nosotras dos, y sus gritos dominaban el fragor del viento. Al final del sendero nos tropezamos con los guerreros de la tribu. Muchos eran los que habían combatido en la playa; pocos cedieron terreno ante el empuje de sus adversarios, y los que lo hicieron fue por hallarse heridos.

Mi padre yacía sobre la arena. Empezaban a pasarle las olas por encima. Contemplando su cuerpo me di cuenta de que nunca debió comunicarle al capitán Orlov su nombre secreto. De vuelta en el poblado, todas las mujeres —bañadas en llanto— y los hombres —con la tristeza reflejada en el rostro— se mostraron de acuerdo en que dicho error acabó debilitándolo, hasta hacer que perdiera la vida en la lucha contra el ladrón ruso y sus cazadores aleutianos.

Capítulo 5

Aquella noche fue la más espantosa de que hubiera memoria en Ghalas-at. Cuando amaneció el día fatídico, la tribu contaba cuarenta y dos varones; al llegar la noche, y una vez que las mujeres hubieron transportado a la aldea los muertos en el combate, sólo quedaban quince. De ellos, siete eran muy viejos.

No había en el poblado una mujer que no llorase la pérdida de un padre o de un esposo, de un hermano o de un hijo.

La tormenta duró dos días enteros. Al tercero enterramos a nuestros muertos en el promontorio que había al sur de la isla. Y quemamos los cuerpos de los aleutianos que habían caído en la playa.

Durante muchos días el pueblo estuvo quieto. La gente salía de sus cabañas para buscar comida y regresaba para ingerirla en silencio. Algunos opinaban que lo mejor era tomar nuestras canoas y trasladarnos a la isla de Santa Catalina, que queda a considerable distancia al este de la nuestra; otros afirmaban que allí escaseaba el agua. Al final, hicimos una reunión, y como resultado de la misma se decidió permanecer en Ghalas-at.

En aquel consejo escogimos también un nuevo Jefe que sustituyera a mi padre. Se llamaba Kimki. Era muy viejo, pero en su juventud fue un excelente cazador, y siempre una buena persona.

La noche en que lo elegimos como Jefe nos reunió a todos y dijo:

—La mayoría de nuestros hombres han desaparecido. Las mujeres, de quienes nunca solicitamos otra cosa que guisar y tejer, deben ocupar ahora el puesto de los hombres. Sé que habrá quienes protesten por ello y que habrá algunos holgazanes, éstos serán castigados, porque sin la ayuda de todos nuestra tribu morirá.

Kimki repartió el trabajo entre cada uno de los miembros de la comunidad. A Ulape y a mí nos recomendó la tarea de recoger abalones[1]. Estos moluscos crecen en abundancia en las rocas de los arrecifes. Salíamos a por ellos cuando la marea estaba baja. Llenábamos los cestos y los transportábamos a la meseta central, una vez allí los abríamos, extrayendo su carne, de color rojo oscuro, y poniéndola sobre piedras llanas para que se secara al sol.

Ramo debía proteger los moluscos de las gaviotas y especialmente de los perros salvajes. Docenas de nuestros perros, que abandonaron el poblado al morir sus dueños, iban ahora en manada con otros ejemplares que nunca conocieron amo, merodeando por toda la isla. Pronto resultaron ser, unos y otros, igualmente feroces, y si se acercaban a la aldea era tan sólo en busca de comida. Cada jornada, al caer la tarde, Ulape y yo ayudábamos a Ramo a colocar los abalones en grandes cestos, dejándolos después a salvo en el poblado.

Otras mujeres recogían una especie de manzanas de color escarlata, que crecen en los cactos y que se llaman «tunas». No se descuidaba tampoco la pesca, y muchos eran también los pájaros que se capturaban con redes. En realidad, las mujeres trabajaban con tanto ahínco que la alimentación era ahora mejor que cuando eran los hombres los que cazaban.

La vida en el poblado debería ser pacífica, tranquila, pero no ocurría tal cosa. Los hombres opinaban que las mujeres se encargaban de unas tareas que les correspondían por la ley de la tribu, y se quejaban de que, una vez convertidas en cazadoras, las mujeres les respetaban menos. Hubo muchos comentarios y dificultades en torno al tema, hasta que Kimki decretó que el trabajo volvería a dividirse de nuevo: o sea, que los hombres cazarían, y las mujeres recogerían lo necesario para comer. Puesto que ya disponíamos de suficientes víveres para pasar el invierno, no era cuestión primordial la de saber quién saldría de caza.

De todas maneras, no fue por eso por lo que el otoño y el invierno resultaron intranquilos y tristes en Ghalas-at. Los muertos de la Caleta del Coral estaban aún con nosotros. Por dondequiera

---

1. Nombre californiano tradicional de un molusco tipo mejillón, pero mucho más grande. (*N. del T.*)

que anduviésemos en la isla: en el mar, o cuando pescábamos o cuando comíamos, y aun al sentarnos junto al fuego por la noche, nuestros difuntos nos rodeaban. Todos teníamos alguien por quien llorar. Me acordaba de mi padre, tan alto y fuerte, tan bueno. Hacía ya algunos años que mi madre muriera, y desde entonces Ulape y yo estuvimos intentando hacer el trabajo de ella. Ulape, con mayores posibilidades que yo, por ser mayor. Ahora, también mi padre se había ido de este mundo. Y no era fácil cuidar de Ramo, que siempre estaba metido en algún lío.

Lo mismo que nos ocurría a mis hermanos y a mí pasaba en otros hogares de Ghalas-at; pero, lo repito, más que las cargas y trabajos que sobre todos recaían en las nuevas circunstancias, nos angustiaba la memoria de quienes ya no volverían nunca a nuestro lado.

Una vez almacenados los alimentos precisos para pasar el invierno —y ahora cada cabaña estaba repleta de todo lo necesario—, aún teníamos más tiempo para pensar en nuestros muertos. Al cabo, una especie de estupor general se extendió por el poblado. La gente permanecía horas enteras sentada, sin hablar ni reír.

Al llegar la primavera, Kimki convocó una reunión de la tribu. Nos dijo que había estado pensando durante todo el invierno. Finalmente, decidió que se embarcaría en una canoa y, navegando hacia el este, pensaba arribar a una tierra en la que ya estuvo una vez siendo muchacho. Estaba a varias jornadas de viaje por el mar, pero intentaría llegar hasta allí y buscar un sitio para todos. Haría el viaje en solitario porque no podía —dada la necesidad que de su ayuda teníamos los supervivientes de la tribu— llevarse a ninguno de los hombres que quedaban para que le acompañaran. Prometió volver.

El día que Kimki se marchó era una clara jornada. Nos reunimos todos en la caleta para verlo salir con su gran canoa. Llevaba dos recipientes llenos de agua, y el suficiente pescado seco para alimentarse durante muchos días.

Observamos todos atentamente a Kimki mientras remaba a través de los peñascos de la entrada a la cala. Poco a poco fue cruzando entre los bancos de algas, hasta llegar a mar abierto. Una vez allí se volvió hacia nosotros moviendo los brazos en señal de despedida. Contestamos del mismo modo a sus saludos. El sol, que empezaba apenas a levantarse en el cielo, trazaba un rastro de plata sobre las aguas. Nuestro Jefe pronto desapareció en la lejanía.

Durante toda la jornada hablamos animadamente del viaje. ¿Llegaría Kimki a aquel lejano país del que nada conocíamos los de la tribu? ¿Regresaría antes de terminar el invierno? ¿Corríamos el riesgo de no volverlo a ver?

Aquella noche nos sentamos en torno al fuego, y estuvimos charlando mientras soplaba el viento y las olas se estrellaban rítmicamente contra la orilla.

Transcurrida la primera luna desde la marcha de Kimki, empezamos a vigilar su retorno. Cada día alguien se apostaba de manera que pudiera vigilar incansablemente el mar; incluso cuando había tormenta, o la niebla rodeaba nuestra isla. Todas las noches nos sentábamos alrededor del fuego, preguntándonos si el siguiente sol nos traería a Kimki de vuelta a la isla.

Pero la primavera llegó y se fue, y el mar seguía vacío. ¡Kimki no volvía! Aquel invierno hubo unas cuantas tormentas, y la lluvia fue suave, terminando antes de lo acostumbrado. Ello significaba que debíamos tener cuidado con el consumo del agua. En los viejos tiempos los manantiales perdían caudal en ocasiones, y nadie se preocupó demasiado por una cosa así, pero ahora todo era motivo de alarma. Hubo muchos que llegaron a temer que pudiéramos morir de sed.

—Otras cosas hay más importantes que esa preocupación —dijo Matasaip, quien había ocupado el puesto de Kimki como Jefe de la tribu.

Matasaip hablaba de los aleutianos, porque se acercaba la época del año en que, como en anteriores ocasiones, solían acercarse por la isla. Pusimos vigías que inspeccionaban el mar desde los acantilados en busca de velas rojas. Se celebró también un consejo abierto para discutir el asunto, y los planes a ejecutar por si aparecían de nuevo los aleutianos. Carecíamos de los guerreros precisos para impedirles desembarcar, o para poder salvar la vida si decidían atacarnos, lo cual era más que probable. En definitiva, se decidió huir tan pronto como fuera avistada su embarcación.

Se almacenó agua y algunos alimentos en canoas que quedaron ocultas entre las rocas del extremo sur de la isla. Los acantilados de aquella parte eran muy altos y cortados casi a pico, pero tejimos una fuerte cuerda de algas secas y la aseguramos al extremo superior de los mismos para que cayera colgando hasta el agua. Tan pronto como se diera la alarma respecto del barco de los aleutianos, iríamos todos al farallón y nos dejaríamos caer cuerda abajo, uno a uno. A continuación saldríamos remando en nuestras canoas rumbo a la isla de Santa Catalina.

Aunque la entrada a la Caleta del Coral era demasiado estrecha para que pudiera cruzarla un barco en la oscuridad de la noche, se colocaron centinelas en las inmediaciones con el fin de cubrir turnos de guardia desde el anochecer hasta la aurora, aparte de los dispuestos durante el día.

Poco tiempo después, una noche de luna llena, vino un hombre corriendo hasta el poblado. Estábamos todos dormidos, pero sus gritos nos despertaron rápidamente.

—¡Los aleutianos! —chillaba desaforadamente—. ¡Los aleutianos!

Era lo que temíamos, y aunque estaba todo dispuesto para hacer frente a la situación, teníamos mucho miedo en el poblado. Matasaip fue de cabaña en cabaña recomendando calma, advirtiéndonos que no preparásemos para la huida cosas que luego no íbamos a necesitar.

Por mi parte, cogí la falda de fibra de yuca, porque en fin de cuentas había pasado muchos días trabajando en ella. También quería llevarme mi capa de nutria marina.

Poco a poco, y en silencio, fuimos saliendo de la aldea, siguiendo el sendero que lleva hacia el sitio en que teníamos escondidas las canoas. La luna empezaba a ocultarse, y veíamos un débil resplandor hacia oriente. Empezó a soplar un fuerte viento.

No habríamos recorrido aún media legua cuando nos alcanzó el hombre que trajo la mala noticia. Estuvo hablando con Matasaip, mientras los demás nos congregábamos en torno a ambos.

—Volví a la cala después de haber dado la alarma —decía—. Cuando llegué allí pude ver el barco con detalle. Está al otro lado de las rocas que guardan la entrada a la bahía. Es una embarcación más pequeña que la de los aleutianos, y en vez de rojas sus velas son blancas.

—¿Pudiste ver a alguien? —preguntó Matasaip.

—A nadie.

—¿No es, pues, el mismo barco que vino la primavera pasada?

—No.

Matasaip estaba silencioso, pensando sobre lo que le había dicho el vigía. Luego nos dijo que siguiéramos adelante hasta llegar a las canoas, mientras él volvía atrás para reconocer el terreno. Nosotros debíamos esperarle en las canoas. Se había hecho de día, y recorrimos apresuradamente la cadena de dunas hasta llegar al acantilado. Una vez allí estuvimos contemplando la salida del sol.

El viento era cada vez más frío. Sin embargo, temiendo que los del buque pudieran ver el humo, no encendimos ninguna fogata, aunque llevábamos comida para guisarla como desayuno. En vez de esto comimos un poco de carne de abalone seca, y luego mi hermano Ramo trepó hasta lo alto del farallón. Nadie había bajado a las rocas desde que las canoas se ocultaron, así que no sabíamos si seguían allí a salvo o no.

Mientras mi hermano iba a comprobarlo, vimos a un hombre que corría por las dunas. Era Nanko, con un mensaje de Matasaip. Sudaba copiosamente a pesar del frío de la mañana, y trató de recuperar aprisa el aliento cuando estuvo a nuestra altura. Esperábamos todos con ansiedad sus palabras, pero de todos modos su rostro irradiaba felicidad, y sabíamos que traía buenas noticias.

—¡Habla! —le dijimos a coro.

—He... he estado... corriendo durante más de una legua... —respondió—. y... y... no puedo... hablar.

—¡Pues lo estás haciendo! —dijo uno de nosotros.

—¡Habla! ¡Habla, Nanko! —el clamor era general.

Nanko se divertía tomándonos el pelo. Sacó el pecho, abombándolo, y realizó una profunda inspiración. Luego empezó a mirarnos, girando la cabeza, como si no entendiera por qué le contemplábamos tan ansiosamente.

—El barco —dijo al cabo, hablando muy despacio— no es de nuestros enemigos los aleutianos; hay hombres blancos en ese barco y han llegado de ese sitio al que fue Kimki cuando salió de nuestra isla.

—¿Ha regresado Kimki con ellos? —preguntó con gran interés un anciano de la tribu.

—No, pero él fue quien vio a los hombres blancos y les dijo que vinieran aquí.

—¿Qué aspecto tienen? —preguntó Ulape.

—¿Hay chicos en el barco? —quiso saber Ramo, quien había vuelto con la boca llena de algo.

Todos hablaban a la vez y la confusión era tremenda. Nanko procuró adoptar una expresión seria y concentrada, lo cual le resultaba muy difícil porque su boca recibió un corte en la batalla con los aleutianos, y desde entonces siempre parecía estar sonriendo. Levantó la mano pidiéndonos que guardáramos silencio.

—El barco ha venido por una razón —nos comunicó solemne—. Para sacarnos a todos de Ghalas-at.

—¿Y a dónde nos llevarán? —pregunté yo.

Era ya una buena noticia que la embarcación no perteneciera a los aleutianos; pero, ¿a dónde querría el hombre blanco que fuéramos?

—No sé adónde, pero Kimki sí está enterado, y ha sido él quien pidió a los blancos que nos llevaran consigo.

Sin decir una palabra más, Nanko dio media vuelta y se puso en marcha. Todos le seguimos. Teníamos cierto temor acerca de cuál pudiera ser nuestro futuro, pero éramos, al mismo tiempo, muy felices.

Capítulo 6

No habíamos cogido nada para llevárnoslo cuando pensamos que teníamos que huir; así que la excitación y algazara eran notables al preparar ahora nuestra marcha pacífica. Nanko iba y venía por delante de las cabañas, incitándonos a apresurarnos.

—El viento se va haciendo fuerte —chillaba—. El barco se irá sin vosotros.

Llené dos cestas con las cosas que quería llevarme. Tres finas agujas de hueso de ballena, un punzón para abrir agujeros, un buen cuchillo de piedra para desollar, dos cazuelas de barro, y una cajita hecha de concha con muchos pendientes dentro.

Ulape tenía dos cajitas llenas de pendientes —siempre había sido mucho más presumida que yo— y una vez las hubo colocado en los cestos con todo lo demás que quería llevarse, se hizo una delgada marca con piedra blanda azul desde una mejilla al extremo de la otra, pasando por encima de la nariz. La marca indicaba que Ulape no tenía marido.

—¡Que se va el barco! —gritó Nanko.

—Si se marcha —le contestó Ulape chillando también—, ya volverá cuando haya pasado la tormenta.

Mi hermana estaba enamorada de Nanko, pero le gustaba reírse de él.

—Vendrán otros hombres a la isla —le decía—. Y serán mucho más guapos y más valientes que los que se van.

—Pero vosotras sois tan feas que les entrará miedo, y enseguida se irán otra vez.

El viento soplaba a ráfagas, fuerte pero discontinuo, cuando íbamos abandonando el poblado. Los ramalazos de viento nos llenaban la cara de arena. Ramo iba haciendo cabriolas al frente de la expedición, portando una de nuestras cestas, pero antes de que hubiera pasado mucho tiempo regresó a toda velocidad diciendo que se había olvidado de su venablo. Nanko estaba de pie sobre el acantilado, haciéndonos gestos para que fuéramos aún más aprisa, así que, sujetando a mi hermano, le impedí que volviera a la aldea según su deseo.

El barco estaba anclado fuera de la caleta, y Nanko nos advirtió que no podía aproximarse más a la orilla, por temor al daño que pudieran causarle las altas olas de aquel momento. Rompían contra el arrecife y los acantilados con el sonido del trueno. Hasta donde alcanzaba la vista la línea de la orilla hervía de espuma.

Había dos botes en la playa de la cala. Junto a ellos permanecían cuatro hombres blancos, y conforme íbamos descendiendo por el senderillo que conducía a la arena, uno de esos blancos nos hizo señas de que acelerásemos la marcha. Nos hablaba en una lengua que nadie entendía.

Todos los hombres de la tribu, excepto Nanko y el Jefe Matasaip, estaban ya a bordo del navío. Mi hermano Ramo ya había subido también, nos informó Nanko. Yo lo había visto correr otra vez a ponerse delante de la expedición, cuando le prohibí que regresara al poblado en busca de su lanza. Nanko dijo que había ido en el primer bote que salió de la caleta.

Matasaip dividió a las mujeres en dos grupos. Luego empujaron los botes hasta hacerlos entrar en el agua, y mientras estaban subiendo y bajando sin cesar fuimos ocupándolos lo mejor que podíamos.

La caleta estaba en parte protegida del fuerte viento, pero tan pronto como iniciamos el paso entre las dos grandes rocas que guardaban la entrada, y nos lanzamos al mar abierto, unas olas gigantescas se desplomaron sobre nosotros. Hubo unos momentos de gran confusión. La espuma del desenfrenado oleaje nos bañaba por entero. El bote en que yo viajaba picaba hacia el fondo con tal violencia que, si por un momento podíamos ver el barco que nos esperaba, al instante siguiente ya había desaparecido. Sin embargo, logramos llegar hasta su costado, y con múltiples apuros nos fuimos izando hasta el puente.

El barco era tan grande como varias de nuestras canoas juntas. Tenía dos altos mástiles, y entre ambos estaba de pie un joven de ojos azules y negra barba. Era el que mandaba a los blancos, al parecer, pues empezó a dar gritos y todos le obedecían rápidamente. Se izaron las velas, y dos de los hombres empezaron a tirar de la cadena que sujetaba el ancla.

Llamé a mi hermano sabiendo que era un chico muy curioso, y por tanto, lo más normal es que estuviera mezclado con los hombres que maniobraban la nave. El viento ahogó mi voz y no obtuve respuesta. El puente estaba tan lleno de gente y de bultos que resultaba difícil moverse, pero me las arreglé para ir de un extremo a otro del barco sin dejar de gritar llamando a Ramo. Nadie contestó. Los demás de la tribu tampoco lo habían visto por allí.

Al fin pude ver a Nanko. Yo estaba temblando de miedo. Le grité:

—¿Dónde anda mi hermano?

Me repitió lo que ya había dicho en la playa, pero cuando estaba hablando, Ulape, que se mantenía a su lado, señaló hacia la isla. Miré hacia el mar, a lo lejos, al otro lado del puente. Corriendo a lo largo del acantilado, tremolando en triunfo su lanza, estaba nuestro hermano Ramo.

Las velas se habían hinchado y el buque empezaba a moverse despacio. Todo el mundo contemplaba los farallones, incluso los hombres blancos. Corrí junto a uno y le señalé a Ramo, pero él movió la cabeza y se marchó de allí. El barco iba cogiendo velocidad. Sin poderlo evitar, lloré.

El Jefe Matasaip me tomó del brazo.

—No podemos volver a por Ramo. No es posible esperar más —me dijo—. Si lo intentamos, el barco se destrozará contra las rocas.

—¡Pero tenemos que hacerlo! —chillé—. ¡Hay que recoger a Ramo!

—El barco volverá uno de estos días —me indicó Matasaip—. Y tu hermano estará bien en la isla. Tiene alimentos para comer, fuentes para beber, y no le falta sitio en donde dormir.

—¡No! —grité.

La cara de Matasaip adquirió la dureza de la piedra. Había dejado de escucharme. Volví a gritar, pero mi voz se perdió en el ulular del viento. La gente se reunió a mi alrededor, repitiendo lo que dijera el Jefe, pero todo aquello no me servía a mí de consuelo.

Ramo había desaparecido de la punta del acantilado, y yo sabía que en ese instante corría por el sendero que llevaba a la playa de la cala.

El barco empezó a rodear el banco de algas. Creí que regresaba a la orilla. Contuve la respiración esperando los acontecimientos. Luego, poco a poco, cambió su dirección, tomando rumbo al este. En aquel momento crucé el puente y, aunque muchas manos me sujetaban para impedírmelo, me tiré de cabeza al mar.

Una ola me envolvió por completo, y notaba cómo descendía y descendía hasta creer que nunca iba a volver a la superficie. Cuando emergí, el buque estaba lejos. Sólo podía ver las velas entre el agitado oleaje.

Por mi parte, agarraba todavía fuertemente la cesta con todas mis pertenencias, pero pesaba un horror, y me di cuenta de que no podía nadar teniéndola sujeta. Dejándola hundirse, empecé a bracear hacia la orilla.

Apenas podía ver las dos grandes rocas que guardaban la entrada de la Caleta del Coral, pero la verdad es que no me encontraba atemorizada. Muchas veces había nadado distancias mayores, aunque no en una tormenta.

Iba pensando mientras nadaba cómo castigaría a Ramo cuando alcanzase al cabo la orilla, pero al sentir la arena bajo mis pies, y verlo a él esperándome al borde de las olas, agarrando fuertemente su lanza y con expresión de extremo abatimiento, se me olvidaron todos mis propósitos. Caí de rodillas junto a Ramo, y me abracé convulsivamente a su cuerpo.

El barco había desaparecido.

—¿Cuándo volverá? —me preguntó el chico. Estaba con los ojos arrasados en lágrimas.

—Pronto —contesté.

Lo único que me dolía es que mi bonita falda de fibra de yuca se había estropeado sin remedio con la aventura. ¡Con el trabajo que me costó tejer aquella preciosa falda!

Capítulo 7

E l viento soplaba fuertemente mientras subíamos por el sendero, cubriendo aquella meseta con arena que nos azotaba las piernas y oscurecía la luz del sol. Como no podíamos encontrar el camino en medio de la tempestad, nos refugiarnos entre unas rocas, y allí estuvimos hasta caer la noche. A partir de entonces el viento amainó, salió la luna, y merced a su luz alcanzamos el poblado.

Las cabañas parecían fantasmas a la fría luz lunar. Cuando nos acercamos oí un extraño sonido, como si alguien corriese. Pensé que era un ruido producido por el viento, pero cuando estuvimos al lado de las cabañas, pudimos ver docenas de perros salvajes merodeando. Huyeron ante nuestra presencia, lanzando gruñidos al alejarse.

La manada debió de invadir el poblado poco después de nuestra marcha, pues se habían comido casi todos los abalones que no nos llevamos. Los perros habían recorrido todas las cabañas, porque Ramo y yo tuvimos que buscar a fondo antes de encontrar alimento para la cena. Estábamos comiendo junto a una pequeña fogata, y podíamos oír a los perros en la colina, no muy lejos. Durante toda la noche sus aullidos llenaron el aire, llegándonos arrastrados por el viento. Pero cuando salió el sol y salí de la cabaña, la manada huyó hacia su guarida, que estaba en la zona norte, en una amplia cueva.

Pasamos aquel día buscando comida. El viento azotaba toda el área, y las olas estallaban con furia contra la costa, de manera que no se podía ir a buscar marisco entre los arrecifes. Recogí unos cuantos huevos de gaviota entre los acantilados y Ramo atravesó con su venablo unos cuantos pececillos en una especie de pequeña laguna conectada irregularmente con el mar, y en la que se notaban por tanto las mareas. Trajo a casa su pesca exhibiéndola muy orgulloso colgada a la espalda. De ese modo juzgaba haber reparado su falta al quedarse en tierra cuando todos se iban al barco.

Con unas cuantas semillas que recogimos en un barranco preparamos una espléndida comida, que tuve que guisar sobre una piedra plana. Mis cazuelas de barro estaban en el fondo del mar.

Los perros salvajes retornaron al poblado aquella noche. Atraídos por el olor del pescado se sentaron en la colina inmediata, aullando y gruñéndose unos a otros. Podía ver cómo brillaba reflejado en sus ojos el resplandor de nuestra fogata.

A la siguiente jornada la superficie del océano estaba en completa calma, y pudimos recoger muchos abalones entre las rocas de la orilla. Sirviéndonos de algas tejimos aprisa un cesto de forma grosera, que estaba ya repleto antes de que el sol ascendiera hasta el cenit. Al regresar al poblado, llevando cada uno un asa de la cesta repleta de abalones, nos detuvimos en el acantilado para observar el horizonte. El aire estaba muy limpio y podíamos ver, en dirección hacia donde se fue el barco, hasta una respetable distancia.

—¿Volverá hoy? —preguntó Ramo.

—Quizá —repuse, aun cuando estaba más inclinada a creer lo contrario—. Pero supongo que aún tardará en regresar varios soles, porque el país al que se dirigía está muy lejos.

Ramo me miró fijamente con sus brillantes y negros ojos.

—No me importa si el barco no viene ya nunca —dijo.

—¿Por qué dices eso? —le pregunté.

Ramo se quedó pensativo, dándole vueltas a su venablo para hacer un agujero en el suelo.

—Dime, ¿por qué? —volví a preguntarle.

—Porque me gusta vivir aquí contigo —respondió—. Es mucho más divertido que cuando estaban todos los demás. Mañana voy a ir al escondite de las canoas, y me traeré una a la Caleta del Coral. La usaremos para pescar, y para ir dando vueltas por todo el contorno de la isla.

—Son muy pesadas, no podrás hacerlo solo.

—Espera y verás.

Ramo abombó el pecho. Alrededor del cuello tenía un collar de dientes de elefante marino, seguramente una posesión abandonada por los que se fueron. Era demasiado grande para él, y además, los dientes no estaban completos ni enteros, pero hicieron un fuerte sonido cuando Ramo, con un movimiento rápido, clavó el venablo entre él y yo.

—Olvidas que soy el hijo de Chowig —me advirtió.

—No, no lo olvido —repuse—. Pero aún eres pequeño. Cuando seas mayor y fuerte, podrás manejar una canoa grande como ésa.

—Soy el hijo de Chowig —repitió, y mientras hablaba, sus ojos se iban agrandando—, y puesto que él murió, he ocupado su puesto. Ahora soy el Jefe de Ghalas-at. Todos mis deseos han de ser obedecidos.

—Pero primero tienes que hacerte un hombre. Y ya sabes, según la costumbre tradicional, tendré que azotarte con un látigo lleno de pinchos, y después atarte junto a un nido de hormigas rojas.

Ramo palideció. Había visto los ritos en cuestión, usuales en la tribu, y los recordaba bien. Con toda rapidez insinué:

—Como no hay hombres que puedan presidir el ritual, quizá no tengas que someterte a la prueba del látigo y las hormigas, Jefe Ramo.

—No sé si ese nombre me irá bien —afirmó sonriente, y luego lanzó su dardo contra una gaviota en vuelo bajo—. Voy a empezar a pensar en algo mejor.

Estaba contemplándolo cuando se puso de puntillas para enviar el venablo por los aires: un muchacho de piernas delgadas y brazos no muy fuertes, llevando un collar de dientes de elefante marino. Ahora que se había convertido en el Jefe de Ghalas-at todavía iba yo a tener más dificultades con él, pero sentí un impulso irresistible de precipitarme hacia mi hermano y abrazarlo estrechamente.

—He pensado en un nombre —dijo, al regresar de recoger el venablo lanzado, sin éxito, contra la gaviota.

—¿Ah, sí?, dime, ¿cuál es? —mi tono era solemne.

—Soy el Jefe Tanyositlopai.

—Es un nombre muy largo y difícil de pronunciar.

—Pronto lo aprenderás —aseguró el Jefe Tanyositlopai.

Por mi parte, no tenía intención alguna de dejar al Jefe Tanyositlopai ir solo al lugar donde los hombres de la tribu escondieron las canoas, pero, al despertarme a la mañana siguiente, Ramo no estaba en la cabaña. Tampoco andaba por el exterior, y me di cuenta de que en la oscuridad se había marchado.

Estaba asustada. Pensé en los peligros que le acechaban. Ya había bajado por la cuerda de algas una vez, pero tendría dificultad al intentar empujar las canoas, incluso la más pequeña, para sacarlas de su escondite entre las rocas. Y en caso de que, pese a todo, pudiera hacer flotar una de ellas sin herirse, ¿iba a ser capaz de remar para sacarla de aquella ensenada, donde la marea y las olas son tan fuertes?

Sin dejar de pensar en todos los peligros posibles empecé a dirigirme allí para impedirle cometer locuras.

No había recorrido todavía un gran trecho del sendero cuando ya me preguntaba si no sería mejor dejarle bajar el acantilado él solo. No podíamos saber cuándo regresaría el barco para recogernos, y hasta que tal cosa ocurriera éramos mi hermano y yo los únicos habitantes en toda la isla. Por tanto, Ramo tendría que convertirse en un hombre antes de lo que hubiera sido preciso acompañándonos los demás miembros de la tribu, pues era seguro que necesitaría su ayuda para multitud de cosas durante ese período de espera.

De pronto di media vuelta y me dirigí a la Caleta del Coral. Si Ramo pudiera colocar la canoa en el agua, y dominar los peligros que ofrecían las corrientes donde se guardaban las embarcaciones, sin duda alcanzaría la cala cuando el sol estuviera ya alto en el cielo. Le esperaría entonces en la playa, porque, ¿dónde está la diversión de un viaje si nadie te está esperando para darte la bienvenida...?

Dejé de pensar en Ramo para concentrarme en la búsqueda de mejillones. Pensaba en los víveres que podíamos reunir entre los dos, y en el mejor medio de protegerlos de las incursiones de los perros salvajes cuando no estuviéramos en el poblado. Intenté recordar lo que Matasaip me recomendara. Por primera vez dudaba de que el barco regresara alguna vez. Estaba preguntándomelo sin cesar mientras trabajaba, y alcé la cabeza numerosas veces para espiar mientras desprendía los moluscos de las rocas. Contemplé con aprensión el inmenso espacio del océano que se extendía, hasta donde la vista alcanzaba, enteramente vacío.

El sol ascendió todavía más en el horizonte, pero no había aún señal de Ramo. Empecé a sentirme inquieta. Había llenado el cesto, y lo subí hasta la meseta que coronaba el acantilado.

Una vez en la cumbre estuve mirando hacia la bahía, y luego por toda la línea de la costa hasta la lengua de tierra arenosa que se adentraba en el mar como un anzuelo. Podía ver la procesión de las olas lamiendo la arena, y más allá de la lengua arenosa, donde las corrientes adquirían mayor furia, una línea curva de espuma incesante.

Esperé en la meseta hasta que el sol alcanzó la vertical. Después, me apresuré a llegar al poblado, esperando que Ramo hubiese vuelto allí mientras yo recogía moluscos, pero nuestra cabaña estaba vacía.

Con toda rapidez escarbé en el suelo para hacer un agujero, metí en él mi captura de mejillones, y luego hice rodar una piedra para proteger de los perros salvajes el depósito. A continuación salí en dirección al extremo sur de la isla.

Dos senderos llevaban hasta aquel lugar, uno a cada lado de una duna arenosa. Ramo no aparecía por el que yo tomé y, pensando que pudiera regresar a la cabaña por el otro, no dejé de llamarle mientras corría. Nadie me contestó. Sin embargo, allá lejos oía el ladrido de los perros.

Los aullidos caninos se hicieron más agudos e insistentes conforme me iba acercando al acantilado. Cesaban y, tras una corta pausa, volvían a hacerse insistentes y sonoros. El sonido me llegaba del lado opuesto de las dunas; así pues, abandonando la pista que seguía, empecé a trepar hasta el borde arenoso superior.

A poca distancia, al otro lado de la gran duna, cerca de los farallones que se precipitaban en el mar, vi a toda la manada de perros salvajes. Había muchos y trotaban en círculo.

En medio del fatal círculo estaba Ramo. Yacía de espaldas e inmóvil y su garganta mostraba una profunda herida.

Cuando lo levanté me di cuenta de que había muerto. Tenía otros desgarrones y heridas en su cuerpo, producidos por los afilados colmillos de los perros. Llevaba muerto bastante rato, y a juzgar por sus huellas en la tierra comprendí que nunca llegó a escalar el acantilado.

Dos perros salvajes estaban en el suelo no lejos del cuerpo de mi hermano. En el costado de uno de ellos aparecía el venablo de Ramo, partido y hundido en el flanco del animal.

Llevé a mi hermano hasta el poblado, llegando allí cuando el sol estaba ocultándose. Los perros me siguieron todo el camino, pero cuando —después de depositar su cuerpo sobre el suelo de la cabaña— salí al exterior con una maza en la mano, todos se apartaron, corriendo hasta una colina no muy alta de las cercanías. Uno de ellos, grande y gris, con pelo crespo y espeso y ojos amarillentos, se marchó el último. Debía de ser el jefe de la manada.

Estaba oscureciendo rápidamente, pero los perseguí pese a todo. Los perros se retiraban lentamente mientras yo avanzaba contra ellos, sin que ninguno de ambos bandos profiriésemos sonido alguno. Los seguí por dos crestas y un valle, hasta llegar al sitio donde tenían su cueva, al pie de un escarpado farallón. Uno a uno se metieron dentro.

La boca de la caverna era demasiado ancha y alta para llenarla de piedras. Recogí unos cuantos matorrales y arbustos secos, y les prendí fuego, pensando empujarlo luego, poco a poco, dentro de la cueva. Suponía que podría seguir con la tarea toda la noche, pero pronto se me acabó el material combustible de las cercanías. Volví a mi cabaña y estuve toda la noche velando el cuerpo de mi hermano, sin dormir un instante. Me juré que algún día regresaría a la cueva para matar a todos aquellos perros salvajes. A todos, sin excepción. Pensaba en cómo hacerlo, desde luego, pero la mayor parte del tiempo mis pensamientos iban hacia Ramo, mi hermano muerto.

Capítulo 8

No recuerdo muy bien aquellos días pero sé que fue un período de varios soles y lunas. Pensaba en cuál sería mi suerte habiéndome quedado sola en la isla. No salí del poblado para nada. Hasta haber terminado mi provisión de abalones no fui siquiera a buscar comida.

Y, sin embargo, recuerdo perfectamente el día en que decidí no volver a habitar jamás en la aldea.

Era una mañana de espesa niebla, y las olas sonaban a lo lejos rompiendo contra los arrecifes. En aquel momento me di cuenta de lo silencioso que estaba el poblado, un pensamiento que nunca me acometiera anteriormente. La niebla entraba y salía por la puerta de las vacías cabañas. Al elevarse o descender iba constituyendo fantásticas figuras, trazos que me recordaban a personas ya muertas, o a quienes se fueron en el barco con los hombres blancos. El ruido del oleaje me parecía un confuso rumor de voces humanas.

Permanecí sentada largo tiempo, viendo tales formas y escuchando las presuntas voces, hasta que el sol fue tomando fuerza y acabó por disolver la niebla. Luego encendí una hoguera junto a la pared de una de las cabañas. Cuando la cabaña entera ardió hasta no dejar sino cenizas, repetí la operación en la siguiente. Así, una a una, las destruí todas de forma que sólo un puñado de cenizas marcase la situación del antiguo poblado de Ghalas-at.

No tenía nada que fuera mío, excepto la cesta que hice el primer día para guardar los víveres. Por eso marchaba rápida por la isla, y antes de caer la noche ya había llegado al sitio donde debía vivir hasta la llegada del barco.

Mi nueva residencia se encontraba en un lugar apropiado. Sobre un promontorio, a media milla de la Caleta del Coral. Había allí una roca de gran tamaño, con dos árboles típicos de la isla: retorcidos y pequeños. Al otro lado de la roca un espacio llano, de diez pasos de largo, protegido del viento y con vistas a toda la cala y el gran océano, era el sitio escogido. Un manantial fluía de un barranco inmediato.

La primera noche trepé a lo alto de la roca para dormir. Era llana en la cúspide, y lo bastante ancha para permitirme estirar las piernas. Asimismo, quedaba a la altura suficiente del suelo para no tener que preocuparme de los perros salvajes cuando estuviese dormida. No los había vuelto a ver desde el día en que mataron a Ramo, pero estaba segura de que pronto vendrían a visitarme en mi nueva residencia.

La roca era asimismo útil para almacenar la comida que había logrado ir guardando, y cualquier otra cosa que pudiera serme de utilidad. Como era todavía invierno, y en cualquier momento podía presentarse el barco, no tenía sentido guardar más alimento del necesario. Pude, pues, dedicar mi tiempo a fabricar armas con las que defenderme de los perros salvajes, que sin duda podían atacarme en un momento dado, para irlos matando, uno a uno, a todos ellos.

Tenía una maza que encontré en una de las vacías cabañas, pero también necesitaba un arco, flechas y una buena lanza. El venablo de Ramo que arranqué del cuerpo del perro muerto a su lado era poca cosa; apenas me servía para alancear algún pez que otro.

Las leyes de Ghalas-at prohibían que las mujeres de la tribu fabricasen armas, así es que partí en busca de alguna que hubiera podido quedar abandonada en la isla. Primero investigué entre las cenizas del poblado, removiéndolas para intentar hallar alguna punta de flecha; luego, al no encontrar ninguna, me llegué hasta el sitio donde se habían escondido las canoas de la tribu, imaginando que quizás estuvieran las armas dentro de las mismas, junto al agua y los víveres almacenados.

No encontré nada en las canoas amontonadas bajo el acantilado. Después, acordándome del cofre que los aleutianos trajeron a la orilla, me puse a caminar hasta la Caleta del Coral. Yo misma había podido ver el cofre durante la infortunada batalla, y no recordaba que los aleutianos se lo hubiesen llevado consigo al huir.

La playa estaba vacía, excepto unas ristras de algas que la tormenta arrojara a la arena. La marea había bajado, y empecé a buscar dónde podía estar el cofre de nuestros enemigos.

Ulape y yo nos habíamos quedado justo al lado del arrecife viendo cómo se desarrollaba el combate. La arena era allí muy suave, y cavé diversos agujeros pequeños con un palo. Iba haciéndolos en círculo amplio, suponiendo que la tormenta habría cubierto de arena mi futura presa.

Hacia el centro del círculo el palo tropezó con algo duro, que estaba segura sería una roca; pero al agrandar el agujero con mis manos a fin de comprobarlo, me di cuenta de que era la tapa del cofre.

Me esforcé en desenterrarlo durante toda la mañana. El cofre estaba a cierta profundidad, y no quería sacarlo por entero. Me bastaba poder llegar a levantar la tapa del mismo.

Cuando el sol estuvo en el cenit apareció la marea, en continuos y fuertes embates, llenando el agujero, que ya tenía abierto, de arena en bastante cantidad. Procuré quedarme allí, luchando contra el oleaje, para saber exactamente dónde se encontraba el ansiado cofre. Cuando la marea volvió a bajar comencé a atacar la arena con los pies, y luego, furiosamente, con ambas manos.

El cofre estaba lleno de collares de cristal, brazaletes y pendientes de muchos colores. Me olvidé de todas las armas que esperaba haber encontrado en él. Alzaba una a una aquellas chucherías para verlas al trasluz, moviéndolas de forma que reflejaban los rayos solares. Me puse al cuello el collar de más bonitas cuentas, el más largo, de tonos azules, y un par de brazaletes del mismo color, que se ajustaban exactamente a mi muñeca. Luego empecé a pasear por la orilla, admirándome a mí misma.

Fui de un extremo al otro de la cala. Las cuentas y brazaletes producían un agradable sonido. Me sentía como la prometida de un gran jefe el día de sus esponsales, conforme iba paseando junto a las olas, arriba y abajo de la caleta.

Llegué hasta el inicio del sendero, donde se había librado la batalla final. De repente, recordé a los que cayeron en dicho lugar, y quiénes eran los que trajeron el cofre con todas sus maravillas. Corrí hasta el mismo, y durante largo tiempo estuve de pie junto a él, mirando los brazaletes y las cuentas que pendían de mi cuello, tan hermosas y brillantes bajo el fuerte sol.

«No pertenecen a los aleutianos —me decía ensimismada—. Ahora son míos.» Pero, aun pensándolo, sabía en mi interior que nunca podría llevar tales adornos.

Uno a uno me fui desprendiendo de ellos. Acabé arrancándome todas las cuentas, y tomando después las que había dentro del cofre. Entré en el agua y, una vez entre las olas, las arrojé lo más lejos que pude, hacia aguas bien profundas.

No había ninguna punta de hierro, susceptible de constituir la base de mi futura lanza, entre el contenido entero del cofre. Cerré la tapa y lo cubrí todo con arena.

Miré luego por el escenario de la batalla, especialmente al pie del sendero, pero al no hallar nada que pudiera servirme abandoné la búsqueda.

Durante muchos días no se me ocurrió pensar en las armas que necesitaba; sin embargo, vinieron una noche los perros, se sentaron bajo la roca en que me albergaba, y estuvieron aullando y gruñendo hasta el amanecer. Llegada la aurora se retiraron, pero no muy lejos. Durante todo el día pude verlos yendo de aquí para allá entre las espesuras, vigilándome.

Al caer la noche retornaron al promontorio. Había enterrado al pie de la roca lo que quedaba de mi cena, pero ellos la desenterraron, gruñendo y luchando unos con otros para obtener los miserables restos. A continuación empezaron a ir arriba y abajo por los alrededores de la roca, olisqueando el aire, porque mis huellas estaban frescas y calculaban que yo me encontraba en las cercanías.

Durante mucho tiempo estuve tumbada en la cúspide de la roca mientras ellos trotaban inquietos debajo de mí. Me hallaba a cierta altura y de ningún modo podían alcanzarme, pero pese a ello no estaba enteramente tranquila. Pensaba en lo que podía ocurrirme si desobedecía la ley de la tribu que nos prohibía a las mujeres construir armas, es decir, si no hacía el menor caso a semejante tradición, y me procuraba lo necesario para defenderme en la isla ahora que estaba sola.

¿Acaso soplarían los cuatro vientos en las cuatro direcciones, y me arrastrarían cuando estuviera fabricándome dichas armas? ¿O quizá temblara la tierra —como muchos aseguraban— enterrándome bajo montones de rocas? O bien, según opinión de algunos de la tribu, ¿se levantaría todo el mar en una terrible ola que anegase el conjunto de las islas? Puede que incluso las armas se rompieran en mis manos cuando mi vida estuviera en peligro, conforme nos aseguraba mi padre...

Estuve pensando en semejantes amenazas durante dos días completos, y a la tercera noche, cuando regresaron los perros salvajes a montar su guardia bajo la roca, tomé la decisión de que, pese a todos los pesares, iba a construirme las armas necesarias para enfrentarme a ese peligro. La mañana en que empecé la tarea, el espanto me dominaba por entero.

Me proponía servirme de un colmillo de elefante marino para la punta de la lanza, ya que es de dureza y curvatura apropiadas. Había muchos de esos animales cerca de mi campamento, pero carecía de armas con las que matar un ejemplar. Los hombres de la tribu solían cazarlos con una fuerte red hecha de algas; red que arrojaban encima del elefante marino en tanto dormía el animal. Para dicha operación se necesitaban al menos tres hombres pero, pese a todo, en más de una ocasión el poderoso mamífero se zafaba de la trampa y lograba escapar al mar.

Para mis propósitos iniciales fabriqué una punta agresiva con cierta raíz de forma conveniente, que endurecí luego en una fogata. Más tarde até la raíz a un largo palo valiéndome de los tendones de una foca que maté con un pedrusco.

El arco y las flechas me llevaron más tiempo, causándome grandes dificultades hasta tenerlos listos. Tenía ya la cuerda para el arco, pero no resultaba sencillo encontrar una madera que tuviera la flexibilidad y dureza necesarias. Rebusqué por todos los barrancos de la isla a lo largo de días antes de encontrarla; ya he dicho anteriormente que los árboles escaseaban en la Isla de los Delfines Azules. La madera precisa para las flechas ya fue más fácil de encontrar, y lo mismo las piedras afiladas que servirían de puntas, y las plumas del otro extremo.

En realidad, el trabajo de recoger todos los elementos necesarios para construirme un armamento suficiente no fue lo más difícil. Había tenido ocasión de presenciar cómo los de mi tribu se fabricaban sus armas. Vi más de una vez a mi padre, sentado dentro de la cabaña en una noche invernal, cortando y preparando la madera para las flechas, golpeando los pedazos de piedra para ponerles punta, y atando las plumas en la parte posterior para dirigirlas; pero ahora me daba cuenta de que no había visto nada. Sí, estuve mirando, repito, en más de una ocasión, pero no con el ojo de quien va a necesitar alguna vez repetir la operación.

Ésa es la razón de que me costara tanto esfuerzo, tantos fracasos, y tantos días, poder ultimar un arco y flechas que sirvieran para algo.

Dondequiera que fuese en mis caminatas por la isla, bien hacia la orilla cuando recogía moluscos, o a una cañada en busca de agua, llevaba terciado a la espalda el arco y su carcaj correspondiente, y empuñaba con vigor un buen venablo. Hice prácticas de ambos hasta cansarme.

Los perros no vinieron al campamento mientras me dediqué a construir las armas, aun cuando ninguna noche dejé de escuchar a lo lejos sus aullidos prolongados.

Un día —después de tener ya armas— pude ver al líder de la manada, aquel que tenía el pelo gris y los ojos amarillentos, observándome en silencio desde un matorral. Había ido al barranco a por agua, y él estaba en el repecho de encima del manantial, mirando hacia abajo y vigilándome. No se movía en absoluto, y únicamente asomaba la cabeza por entre un arbusto. Estaba demasiado lejos para enviarle una flecha con seguridad de acertar.

Tras la primera noche que pasé en lo alto de la roca, noche poco confortable a causa de las desigualdades y asperezas de la misma, había ido llevando desde la playa algas para tener algo mullido debajo de mi cuerpo. Ahora era un lugar muy agradable, en el extremo del promontorio, con las brillantes estrellas por techo. Me tumbaba de espaldas y contaba las que ya conocía, dándoles nombres a las muchas que me eran desconocidas.

Por la mañana las gaviotas salían en bandadas de sus nidos, construidos aprovechando hendiduras del farallón. Daban vueltas volando por encima del trozo de playa que quedaba entre los arrecifes y la arena, y luego descendían a ese lugar, echándose agua unas a otras, descansando sobre una pata y luego sobre la otra, peinándose y alisándose el húmedo plumaje con sus picos curvos. Al otro lado del banco de algas los pelícanos estaban ya de caza, elevándose sobre las claras aguas, y dejándose caer luego como un proyectil en cuanto avistaban un pez, golpeando el mar con un peculiar chasquido que escuchaba incesantemente tumbada boca arriba en mi roca.

También veía desde mi observatorio a las nutrias marinas buscando su alimento en la zona del banco de algas. Esos tímidos animales habían regresado a la isla después de irse los aleutianos, y parecía haber ahora tantos como antes de la matanza. El sol de la mañana hacía que sus relucientes pieles brillaran como el oro.

Y, sin embargo, mientras estaba en la roca mirando, por ejemplo, hacia las estrellas, no dejaba de pensar en el barco de los hombres blancos. Y al llegar la aurora, cuando empezaba a extenderse su resplandor por toda la superficie del mar que abarcaba yo desde la roca, mi primera mirada iba infaliblemente hacia la Caleta del Coral. Cada mañana buscaba allí el barco ansiado, soñando que había llegado durante la noche. Y cada mañana también, nada veía excepto las gaviotas chillando y revoloteando por esa área.

Cuando Ghalas-at estaba habitado normalmente, siempre me levantaba al rayar el día, y estaba la jornada entera ocupada con mil tareas. Ahora, como poco era lo que tenía que hacer, no abandonaba la roca hasta que el sol estaba alto en el horizonte. Entonces comía, y luego me llegaba hasta la fuente para tomar un baño en el agua de la misma, caliente a esas horas. Después bajaba hasta la orilla del mar para recoger algunos abalones y, a veces, alancear peces que me sirvieran de cena. Antes de caer la noche volvía a trepar a lo alto de la roca, y contemplaba el mar hasta que, poco a poco, se difuminaban sus contornos en la noche.

El barco no vino, y esperándolo transcurrió el invierno y la primavera.

Capítulo 9

E l verano es la época mejor en la Isla de los Delfines Azules. El sol es cálido, y los vientos resultan suaves, soplando principalmente del oeste, y en algunas raras ocasiones, del sur.

Era durante aquellos días justamente cuando más posibilidades había del regreso del barco, y en consecuencia me pasaba la mayor parte del día en lo alto de la roca, mirando desde aquel promontorio hacia el este, en dirección al país al que marchó mi pueblo a través de aquel mar que no tenía fin.

Una vez, estando de vigilancia, pude identificar un pequeño objeto en la inmensa superficie del océano. Al principio juzgué que era un barco, pero surgió una columna de vapor y comprendí que se trataba de una ballena que salía a la superficie para respirar. Durante aquellos días veraniegos no vi ningún otro indicio del mismo tipo.

La primera tormenta del invierno acabó con mis esperanzas. Si el barco de los hombres blancos iba a volver en mi busca, lo lógico hubiera sido aprovechar el tiempo más favorable para navegar hacia la isla. Ahora tendría que esperar hasta que pasase el invierno; quizás aún más tiempo.

El pensamiento de estar enteramente sola en la isla, mientras tantos y tantos soles se levantaban del mar y volvían al cabo de unas horas a hundirse en él, llenaba mi corazón de tristeza. No me había sentido tan solitaria antes porque estaba segura de que el barco volvería, como el Jefe Matasaip había dicho, pero ahora no tenía ya esperanza de que así fuera. Estaba terriblemente sola, ésa era la verdad. Pasé unos días sin apetito, y por la noche tenía terribles pesadillas.

La tormenta esperada acometió a la isla desde el norte, enviando olas enormes contra las costas, y vientos tan fuertes que yo no podía permanecer en la roca. Me arreglé un lecho de algas y hojarasca al pie de la misma, y para protegerme mantuve encendida una hoguera. De esa manera dormí cinco noches. Durante la primera vinieron los perros salvajes a observarme, sin atreverse a cruzar el anillo de fuego. Maté a tres con mis flechas, pero no pude hacer lo mismo con el jefe de la manada. A partir de esa noche ya no volvieron.

Al sexto día, cuando la tormenta hubo cesado, fui hasta el sitio donde los hombres de la tribu escondieron las canoas, y me deslicé hasta el pie del acantilado. Aquella parte de la orilla estaba protegida del viento, y encontré las canoas en igual situación que las habían dejado. Los víveres aún estaban en buenas condiciones, pero el agua no servía ya, así que regresé a la fuente para llenar una vasija.

Había decidido durante los días de la última tormenta, una vez pensé en que no valía la pena esperar el regreso del buque, que cogería una de las canoas de la tribu e iría por mis propios medios hasta el país que estaba al este de la isla. Recordaba cómo Kimki, antes de partir, pidió consejo a sus antepasados, a todos los antecesores que vivieron en pasadas épocas y que habían llegado justamente desde aquel país a nuestra isla. También solicitó Kimki la opinión de Zuma, el hombre brujo de la tribu, quien tenía poder sobre el viento y los mares. Pero aquello era algo que yo no podía hacer, porque Zuma murió en la batalla contra los aleutianos, y yo en toda mi vida nunca pude comunicarme con los espíritus de los muertos, pese a haberlo intentado repetidamente.

Y, sin embargo, no puedo decir que tuviera verdadero miedo mientras preparaba mi viaje en la orilla. Sabía que mis antepasados cruzaron el mar en sus canoas, viniendo de aquel país que estaba al otro lado, y además Kimki también fue capaz de cruzarlo. Yo tenía la misma habilidad que aquellos hombres en el manejo de una canoa, pero debo indicar que cualquiera que fuera la suerte reservada para mí en ese inmenso espacio acuático, la cosa no me aterraba. Era menos temible que el pensamiento de permanecer sola en la isla, sin un hogar, sin nadie con quien tratar, perseguida aquí y allá por una manada de feroces perros salvajes, y con un ambiente que me recordaba por doquier a quienes habían muerto, y a los que lograron escapar de semejante prisión.

De las cuatro canoas que había apoyadas en el extremo inferior del acantilado escogí la más pequeña, que aún así era muy pesada, pues podía embarcar a seis personas. Debía intentar arrastrarla por toda la rocosa orilla, metiéndola en el agua después a una distancia de cinco o seis veces la largura de la embarcación.

Empecé por limpiar de obstáculos el trayecto entre la canoa y el mar. Luego rellené los huecos y agujeros con piedras y sobre el conjunto extendí una capa de algas para preparar una senda deslizante. La orilla estaba en cuesta, y una vez lograse mover la canoa, su propio peso la propulsaría hasta hacerla entrar velozmente en el agua.

El sol estaba en el oeste cuando abandoné la orilla. El mar se hallaba en calma una vez traspuesta la línea de arrecifes. Usando mi remo de doble paleta doblé enseguida la parte sur de la isla. Cuando llegué a mar abierto empecé a notar el viento. Estaba en

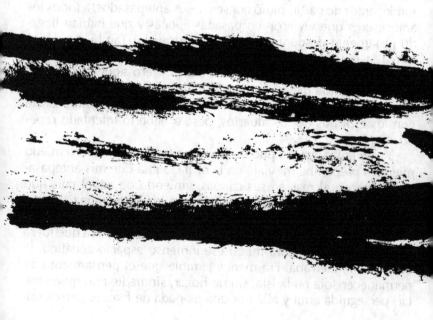

la parte posterior de la canoa, arrodillada y remando desde allí, porque ésa es la manera de obtener más velocidad, pero no podía manejar la embarcación con aquel viento y en la misma postura.

Me pasé al centro de la canoa y seguí remando con todas mis fuerzas, sin permitirme el menor descanso hasta haber superado la zona de las corrientes, que van muy aprisa por esa parte de los bancos de arena. Había un oleaje movido, aunque no alto, y pronto estuve calada de la cabeza a los pies; pero al irme internando decididamente en el mar la espuma cesó y las olas se hicieron amplias y espaciadas. Aunque realmente hubiera sido más fácil remar a favor de ellas, eso suponía que tomaba la dirección contraria a la indicada. Así pues, continué dejándolas a mi izquierda, y la isla se hizo más y más pequeña a mi espalda.

Al anochecer lancé una última ojeada atrás. La Isla de los Delfines Azules había desaparecido en el horizonte. Aquélla fue la primera vez que sentí un estremecimiento.

En torno a mí sólo había montículos Y valles producidos por el

oleaje. Cuando estaba en el hondón no podía ver nada, y cuando la canoa cabeceaba remontando la cresta, únicamente el océano en todas direcciones.

Cayó la noche. Bebí algo de agua de la vasija, y el líquido dulce suavizó mi garganta.

El cielo era una mancha negra y no podía apreciarse diferencia alguna entre el mar y el firmamento. Las olas no hacían gran ruido, apenas un chasquido suave al tropezar con la canoa o pasar bajo ella. En ocasiones los sonidos del oleaje parecían indicar enfado, y en otros momentos daban la impresión de que a mi lado hubiera gente riéndose. No tenía hambre, pues el miedo anulaba mis demás sensaciones.

La aparición de la primera estrella me tranquilizó un tanto. Aparecía enfrente de mi canoa, hacia el este, y en posición baja en el firmamento. Luego empezaron a presentarse otras rodeando a la primera, pero ésa era la que miraba yo con más afán. Daba la sensación de ser una serpiente —así la considerábamos en la tribu—, una estrella de verdes reflejos, que me era familiar y a la cual quería. De vez en cuando se ocultaba entre la neblina, pero siempre terminaba por lucir con todo su brillo.

Sin ella me hubiese perdido, pues el oleaje era perpetuamente el mismo. Siempre me acometían las olas en la misma dirección, y de un modo que me alejaba de continuo respecto de la tierra que quería alcanzar. Por eso es por lo que la canoa trazaba en el agua ennegrecida una huella como de culebra. Pero a pesar de todas las dificultades pude continuar adelante, guiado mi rumbo por la estrella, que brillaba en el este. Horas después, ya entrada la noche, ese lucero se elevó y se elevó, y entonces cambié mi dirección según lo que marcaba la Estrella del Norte que estaba a mi izquierda, la que nosotros llamábamos «Estrella que nunca varía».

El viento empezaba a calmarse. Como siempre ocurría lo mismo pasada la primera mitad de la noche, por ese detalle sabía yo cuánto tiempo llevaba navegando, y cuándo llegaría nuevamente la aurora.

De pronto me di cuenta de que la canoa hacía agua. Antes de anochecer había vaciado uno de los recipientes que usaba para almacenar víveres, y me dediqué a achicar la que entraba por la borda con el movimiento debido al oleaje. Pero el agua que ahora bailaba en torno a mis rodillas no provenía de las olas.

Dejé de remar y puse en movimiento la vasija en cuestión, hasta conseguir secar la canoa. Después comencé a buscar en la oscuridad, tanteando las pulidas tablas que componían la embarcación hasta encontrar un sitio junto a la quilla en el que se producían las filtraciones, por la existencia de una brecha tan larga como mi mano y de la anchura de un dedo puesto de canto. La hendidura estaba en un sitio que no permanecía constantemente en contacto directo con el agua, pero ésta entraba por el agujero cada vez que la canoa se hundía hacia delante entre las olas.

En las canoas de mi tribu las junturas entre tabla y tabla solían protegerse con un betún que recogíamos a flor de agua en la orilla. Al no tener en esos instantes nada parecido, rasgué un pedazo de mi falda y lo utilicé para taponar la hendidura. Aquello detuvo de momento la entrada del agua en el interior de la canoa.

El alba dio paso a un cielo purísimo, y cuando el sol salió de entre las olas vi que estaba muy a la izquierda. Durante la noche me había ido desviando hacia el sur, respecto de mi rumbo exacto, y corregí ahora el error de dirección, remando afanosa a lo largo de la senda que sobre las aguas marcaba el sol de la mañana.

No soplaba el viento, y las olas, alargadas y suaves, se estrellaban en continuo rumor contra mi embarcación. Pude, por tanto, avanzar con mayor rapidez que la noche anterior.

Estaba cansada, pero con mayores esperanzas que en cualquier otro momento desde que salí de la isla. Si no cambiaba el buen tiempo iba a cubrir muchas leguas bogando hasta el anochecer. Otra noche, y todo el día siguiente, me permitirían avistar ya la tierra hacia la que navegaba.

Poco después de la aurora, cuando estaba pensando en aquellas extrañas tierras hacia las que me dirigía, y sobre lo que encontraría allí, la canoa empezó a hacer agua otra vez. La nueva hendidura estaba entre las mismas tablas que la otra, pero era mayor y más cercana al sitio donde yo bogaba, arrodillada en el centro de la embarcación.

La hilacha que desgarré de mi falda, y empujé dentro de la

hendidura, sirvió para detener la entrada de casi toda el agua. Sin embargo, me daba cuenta de que las planchas estaban mal de un extremo a otro de la canoa, probablemente por haber quedado ésta tanto tiempo fuera del agua y sometida a los rigores del sol. Aquellas tablas podrían abrirse longitudinalmente si las olas golpeaban con más fuerza en el punto débil.

Repentinamente me di cuenta de que era peligroso seguir adelante. El viaje hasta la tierra desconocida duraría aún dos días, quizá más incluso. En cambio, remando de nuevo en dirección a la isla, no tendría que viajar tanto tiempo.

Pero fuera como fuese no podía resignarme al abandono de mi proyecto. El mar estaba en calma y había llegado ya muy lejos. El pensamiento de regresar después de tanto trabajo era insoportable, y aún peor la idea de volver a una isla desierta, viviendo en ella sola y olvidada durante nadie sabe cuántas lunas y soles más.

La canoa se deslizaba perezosamente por el tranquilo océano, mientras yo le daba vueltas a la cabeza con esas ideas. Cuando vi que, pese a todo cuanto ya llevaba hecho para evitarlo, el agua volvía a entrar en el fondo de la canoa, empuñé el remo con decisión. Mi única salida residía en dar la vuelta y navegar hacia la isla.

Y aún más: sabía que sólo con una suerte extremada lograría regresar a ella.

El viento no empezó a soplar hasta que el sol alcanzó su cenit. Antes de esa hora había cubierto ya una gran distancia, deteniéndome para achicar el agua de vez en cuando, y remando sin tregua el resto del tiempo.

Cuando se levantó viento tuve que bogar más despacio, y achicando de continuo, no por las hendiduras del fondo de la embarcación, que seguían resistiendo, sino a causa del mayor oleaje, que hacía entrar agua por los lados de la canoa.

Ésa fue mi primera señal de buena suerte. La segunda la noté al aparecer una bandada de delfines. Vinieron saltando procedentes del oeste, pero al ver la embarcación describieron un gran círculo y empezaron a seguirme. Se deslizaban lentamente, y tan cerca de mí que podía ver sus ojos, que son grandes y del color del océano. Luego nadaron adelantándose a la canoa, persiguiéndome enfrente de ella, hundiéndose y reapareciendo enseguida, moviéndose y jugueteando, en ocasiones como si tejieran una pieza de paño con el movimiento de sus grandes hocicos.

Los delfines son animales portadores de buena suerte. Me hacía feliz verlos nadando alrededor de la canoa, y aun cuando mis manos empezaban a sangrar por el continuo manejo del remo, con verlos se me olvidaba el dolor. Estaba muy solitaria antes de aparecer, pero ahora que tenía a esos amigos rodeándome ya no me preocupaba tanto.

Los delfines azules me abandonaron poco antes de la puesta del sol. Se marcharon con el mismo movimiento rápido y grácil con que se habían presentado, escapándose en dirección oeste, pero durante largo tiempo pude ver los últimos rayos solares cabrillear al tropezar con su lisa piel. Una vez se hizo de noche seguía contemplándolos con el pensamiento, y estoy segura que gracias a eso continué remando, en momentos en los que mi obsesionante deseo era tumbarme en el fondo de la canoa para descansar.

Lo repito: más que ninguna otra cosa, si volvía a casa era merced a la intervención de los delfines.

Al caer la noche empezó a levantarse del mar cierta neblina, pero así y todo, de vez en cuando podía ver la estrella que está allá arriba colgada, hacia occidente. La estrella de tono rojizo que en mi tribu llamamos Magat, que es parte de esa figura parecida a un cangrejo, y que se conoce justamente con ese nombre. Mientras tanto, las brechas en la canoa se iban haciendo tan grandes que mis detenciones eran frecuentes, tanto para evacuar el agua, como para rellenar las hendiduras de pedazos de mi falda retorcidos.

La noche se me hizo muy larga, mucho más que la anterior. Un par de veces cabeceé muerta de sueño remo en mano, arrodillada en el centro de la embarcación, aun cuando lo cierto es que jamás había tenido en mi vida tanto miedo como entonces. Pero la mañana amaneció clara, y pude ver entonces ante mí una línea alargada y algo confusa, como un gran pez que se bañara al sol: mi isla.

Llegué, antes de que el sol alcanzara gran altura, a la zona de los bancos de arena, y las fuertes corrientes de la misma me precipitaron sobre la orilla. Tenía las piernas entumecidas de tanto ir arrodillada, y cuando la canoa chocó con el fondo, e intenté levantarme, me caí al salir de ella. Fui arrastrándome a través del agua poco profunda en ese lugar, y trepé a la arena de la playa. Allí permanecí boca abajo largo tiempo, abrazando convulsivamente el suelo, rebosante de felicidad.

Estaba demasiado agotada para preocuparme de los perros salvajes, y pronto me quedé profundamente dormida.

Capítulo 10

M e desperté con el rumor de las olas que ya me lamían los pies. Era de noche, pero me encontraba tan agotada que no tuve ánimos de abandonar la zona de los bancos de arena. Únicamente procuré trepar a un lugar más alto en el que quedar a salvo de las mareas, y volví a dormirme poco después.

A la mañana siguiente tenía la canoa a poca distancia. Recogí las cestas y vasijas, la lanza, el arco y las flechas, y volví del revés la embarcación de manera que las mareas no la arrastrasen hasta el océano. Luego subí hasta el promontorio donde había vivido hasta el momento de emprender el fallido viaje.

Tenía la sensación de que hubiera pasado largo tiempo, y permanecí inmóvil mucho rato contemplando la perspectiva que se veía desde lo alto de la roca. Lo que pude ver: las nutrias marinas jugando en los bancos de arena, los anillos de espuma alrededor de las rocas que protegían el acceso a la cala, las gaviotas volando, las olas incansables en su acometida, todo constituía para mí ahora motivo de alegría.

Me sorprendía experimentar tales sensaciones, porque hacía muy poco tiempo que, hallándome encima de la misma roca, había creído sinceramente que no podría soportar vivir en la isla ni siquiera otro día más.

Miré la enorme extensión de agua azul que se extendía hasta perderse de vista, y todo el temor que sentí durante el viaje volvió a mi ánimo. La mañana en que avisté por primera vez la isla me pareció un gran pez que se escurría, y pensé que algún día volvería a emprender el viaje en dirección a aquel país que estaba al otro lado del océano. Ahora sabía positivamente que nunca iniciaría de nuevo una travesía como ésa.

La Isla de los Delfines Azules era mi hogar: no tenía otro. Sería mi hogar hasta que los hombres blancos regresaran en su barco, pero, incluso si volvían pronto, antes del siguiente verano, no podía continuar sin un techo para guarecerme, ni un sitio en el que almacenar alimentos. Tendría que construirme una casa, pero, ¿dónde?

Aquella noche dormí en la roca, y a la mañana siguiente empecé sin tardanza la búsqueda del mejor lugar. La mañana era límpida, pero hacia el norte se presentaban unos nubarrones blancos. No tardarían en acercarse a la isla, y detrás de esta primera tormenta iban a seguir otras. Era urgente solucionar lo de mi casa.

Necesitaba un lugar abrigado de los vientos dominantes, no muy lejos de la Caleta del Coral, y próximo a un manantial. Había dos lugares en la isla que reunían tales características: uno en el promontorio, y el segundo a menos de una legua hacia el oeste. A primera vista el más apropiado me parecía el del promontorio, pero como no había estado en el otro desde hacía largo tiempo, decidí inspeccionarlo para asegurarme bien.

La primera cosa con que me tropecé —algo que olvidaba— es que aquel posible segundo lugar estaba en las inmediaciones de la guarida de los perros salvajes. Tan pronto como me acerqué a las inmediaciones, su líder salió a la boca de la cueva y me vigiló atento con sus ojos amarillos. Si construía la cabaña por las cercanías tendría que matarle a él y a sus secuaces caninos, pero, aunque de todos modos lo tenía así decidido ya, era cosa que no podía hacerse rápidamente, y mi casa urgía.

La fuente que fluía en esa zona era, en cambio, mucho mejor que la del promontorio, menos salobre de gusto y de mayor regularidad en su manar. Además, era de acceso más sencillo puesto que estaba en la ladera de una colina, y no en lo alto de un barranco como la otra. Asimismo, estaba cercana al acantilado y a una barrera de rocas que me servirían de protección y abrigo.

Las rocas no eran tan altas como las del promontorio, y en consecuencia me protegerían menos que estas últimas respecto del viento; pero de todas maneras eran lo bastante elevadas, y desde ellas podía ver toda la costa del norte de la isla y la Caleta del Coral.

Lo que me decidió sobre el mejor emplazamiento fue el tema de los elefantes marinos.

Los acantilados caían por aquella parte en suave descenso sobre una amplia zona que cubrían las aguas —sólo en parte— al subir la marea. Era un lugar ideal para los elefantes marinos, porque podían arrastrarse hasta casi la mitad del acantilado si la jornada se presentaba tormentosa. Los días de buen tiempo tenían ocasión de pescar en las grandes charcas que siempre quedaban entre la subida y la bajada de las mareas o, simplemente, de tumbarse descansando al sol.

En esos animales el macho es muy grande, y con frecuencia tiene un peso equivalente al de treinta hombres. Las hembras son mucho más pequeñas, pero en cambio producen un continuo estrépito, del que los machos son inocentes. Las hembras siempre están chillando y ladrando el día entero, y a veces, por desgracia, también por la noche. Las crías son asimismo del género ruidoso.

Aquella mañana la marea estaba baja y la mayoría de los elefantes marinos de ambos sexos se encontraban lejos. Parecían tan sólo unas manchitas entre el oleaje y, sin embargo, el ruido que producían resultaba ensordecedor. Fui dando vueltas el resto de la jornada, y al llegar la noche no me había alejado mucho de esa área. Al amanecer, cuando el clamor comenzó de nuevo, me aproximé otra vez al promontorio.

Aún había otro lugar al sur de la isla, donde pude haberme construido un albergue. Estaba cercano al destruido poblado de Ghalas-at, pero no quise ir porque me recordaba demasiado a todos los que ya no se encontraban junto a mí, aparte de que el viento soplaba fuerte y seguido en esa zona, estrellándose contra una línea de dunas que cubren la parte media de la isla, de tal forma que son por entero errantes.

Por la noche llovió copiosamente, y el temporal de agua duró un par de días. Hice un tosco refugio con ramas y maleza al pie del farallón, con lo que evité calarme por completo, y comí de las provisiones que me quedaban aún como recuerdo del viaje. No podía encender fuego a causa de la continua lluvia, y estaba muy a disgusto, muerta de frío.

Al tercer día la lluvia cesó y me dediqué a buscar todo lo que pudiera servirme para construir una casa. Asimismo, necesitaba estacas o algo parecido para una valla. Pronto habría matado a todos los perros salvajes, pero entonces tendría que contar con las numerosas zorras, de pelambre rojo oscuro, que poblaban la isla. Eran tan abundantes que no imaginaba poder deshacerme de ellas jamás, mediante la lanza, las flechas, algún sistema de trampas, o como fuese. Resultaban ladrones de lo más habilidosos, y nada de lo que quisiera almacenar estaría a salvo de sus tretas hasta haber construido un vallado.

La mañana era fresca a causa de las lluvias caídas en las jornadas anteriores. El olor que llegaba de las grandes charcas inmediatas a la orilla resultaba potentísimo. Una serie de suaves aromas procedían de las hierbas silvestres que crecían en los barrancos, y de las plantas nacidas entre las dunas de arena. Iba cantando al descender por el sendero que conducía a la playa, y a lo largo de ésta hacia los bancos arenosos. Tenía la impresión de que el día, espléndido, era promesa de buena suerte.

Era, sin duda, una excelente jornada para ponerme a trabajar en la construcción de mi nueva casa.

Capítulo 11

Años atrás dos ballenas quedaron varadas en los bancos de arena. La mayoría de los huesos ya habían sido utilizados por los miembros de mi tribu para hacer adornos, pero quedaban las costillas, medio enterradas en la arena, y esas costillas me sirvieron para construir la valla que necesitaba. Las fui desenterrando una a una y llevándolas al promontorio. Eran unos huesos largos y curvos, y cuando los hube clavado en tierra lo suficiente, aún subían por encima de mi cabeza.

Coloqué las costillas con los bordes casi tocándose, y tiesas, con la curvatura hacia fuera para que no se pudiera trepar por ellas. Después las fui uniendo con cuerdas hechas de algas, las cuales, al secarse, tensan lo que con ellas se ha unido. Pensé por un momento en utilizar tendones de foca para ligar los elementos de aquella verja, dado que son más fuertes que cualquier alga, pero los animales salvajes me parecían muy aficionados a roer algo así, y el resultado hubiera sido el derrumbe de la valla. No fue fácil para mí construirla. Y aún me hubiese costado más tiempo de no ser porque la roca completaba lado y medio del cercado.

Para poder entrar y salir cavé un orificio debajo de la valla, del tamaño justo para poder pasar arrastrándome. Aquella especie de túnel corto quedó pavimentado con piedras, y también coloqué otras en los lados para reforzarlo. Por un extremo tapaba luego el hoyo con una cubierta de cañas entrelazadas que impidiese el paso del agua de lluvia; por el otro, con una losa plana que podía yo mover con facilidad.

Conseguí al fin un recinto cercado de unos ocho pasos de largo, con lo cual ya tenía el espacio necesario para almacenar cualquier cosa cuya conservación resultara interesante.

Había levantado de todos modos la verja porque empezaba a

hacer demasiado frío para dormir al aire libre, y no quería tampoco guarecerme en el refugio que había preparado hasta estar a salvo de los perros salvajes.

Me costó más trabajo la cabaña que la verja, ya que durante su construcción llovió copiosamente y, por otro lado, la madera que me era imprescindible para la armazón central escaseaba en la isla.

Entre nuestra gente existía una leyenda en el sentido de que en tiempos pasados toda la isla estuvo cubierta de espesos bosques con árboles muy altos. La leyenda decía que ésa era la época del comienzo del mundo, cuando gobernaban Mukat y Tumaiyowit. Ambos dioses discutieron sobre muchas cosas. El último quería que la gente muriera, el primero se oponía a tal catástrofe. Tumaiyowit se marchó muy enfadado a un mundo subterráneo, que está debajo del nuestro, llevándose consigo sus pertenencias. La gente muere hoy por causa de su acción.

En aquella época, pues, abundaban los grandes árboles, pero actualmente sólo quedaba un puñado en algunos barrancos de la isla, y además eran pequeños y retorcidos. Resultaba muy difícil encontrar alguno que sirviera para hacer un buen poste. Busqué durante días, saliendo muy de mañana y regresando a casa al caer la noche, antes de encontrar madera bastante para mi cabaña.

La roca me serviría de parte posterior de mi refugio, y por delante lo dejé abierto porque el viento no soplaba en esa dirección. Procuré que todos los postes tuviesen igual longitud, aun cuando —pese a servirme del fuego y de un cuchillo de piedra— encontré muchas dificultades en mi labor, porque nunca había hecho antes nada parecido. En conjunto, había cuatro maderas a cada lado, bien hincados en la tierra, y doble número para formar el techo. Estos últimos los até fuertemente con tendones de foca, cubriéndolos luego con algas hembras que tienen hoja más ancha.

Había pasado más de la mitad del invierno cuando terminé de acondicionar la cabaña, pero estuve durmiendo allí cada noche, sintiéndome al abrigo y bien protegida merced a la fuerte valla que la rodeaba. Las zorras rojas llegaron a visitarme algunas veces cuando estaba guisando la comida, y desde fuera olisqueaban por entre las desigualdades de la valla. También vinieron los perros salvajes, mordisqueando las costillas de ballena, y gruñendo disgustados porque no podían atravesar el obstáculo. Aproveché la ocasión para matar a dos de ellos, pero no pude habérmelas con el jefe de la manada.

Mientras duró la construcción de la valla y el refugio, estuve alimentándome con mariscos y algunos pececillos que solía cocinar encima de una roca. Más tarde fabriqué un par de útiles de cocina. A lo largo de las orillas de la isla había piedras que el mar había pulimentado antes de arrojarlas a la arena. La mayoría eran redondas, pero encontré dos con una depresión en el centro, agujero que me encargué de hacer más profundo y ancho frotándolo con arena. Cuando pude servirme de ellas para guisar, logré de ese modo guardar el jugo del pescado, que es muy bueno, y antes se perdía sin poderlo aprovechar.

Para cocer semillas y raíces tejí una cesta de juncos muy finos, con apretada trama; lo cual no me resultó difícil porque había aprendido cómo hacerlo gracias a las lecciones de mi hermana Ulape. Una vez se hubo secado el cesto, recogí trozos de betún en la playa, los ablandé sobre una fogata, y más tarde apliqué la pasta resultante al interior del cesto, de manera que ya no se escapara el agua. Calentando unas cuantas piedras no muy grandes, y dejándolas caer en una mezcla de agua y semillas que colocaba previamente en el cesto, podía cocinar una especie de gachas.

Escarbé en el suelo de mi cobertizo para poner el fogón allí, rodeado de piedras. En el poblado de Ghalas-at encendíamos fuego cada noche, pero ahora me las arreglé para prenderlo muy de tarde en tarde, cubriéndolo con cenizas cuando me iba a dormir. Al día siguiente removía esas cenizas y soplaba sobre las brasas que quedaban debajo, reavivando la fogata y ahorrándome así mucho trabajo.

Había en la isla muchos ratones de un color grisáceo, y ahora que tenía que almacenar víveres, necesitaba un sitio donde conservarlos. En la roca que formaba la pared posterior de la casa había hendiduras a la altura del hombro. Excavé y pulí esos agujeros naturales, convirtiéndolos en una especie de estantes a los que no podían llegar las ratas.

Cuando hubo transcurrido el invierno, y empezó a verdear la

hierba de las colinas, mi alojamiento resultaba ya de lo más cómodo. Estaba al abrigo tanto de las inclemencias del tiempo como de los animales que merodeaban por allí. Podía guisar lo que me apeteciese y cuanto deseara lo tenía a mano.

Había llegado, pues, el momento de deshacerme de aquellos perros salvajes que mataron a mi hermano, y que eran capaces de atacarme en cuanto me viesen desarmada. Necesitaba una lanza más resistente, un arco mayor, y flechas más agudas y penetrantes. Para conseguir el material preciso con el cual fabricar las nuevas armas, rebusqué por toda la isla durante muchos soles. A causa de ocupar el día en buscar material apropiado, solamente podía trabajarlo de noche. Como el fuego que me servía para cocinar arrojaba una luz del todo insuficiente, arreglé unas pequeñas antorchas con el cuerpo de un pez, que en nuestro lenguaje se llamaba «sai-sai», previamente puesto a secar.

El «sai-sai» es de color plateado y no mucho mayor que el dedo. En las noches de luna llena estos pececitos vienen nadando por el mar en bancos tan espesos que casi se podría andar sobre ellos. Se mueven al compás de las olas, y acaban a veces en la arena, en la que saltan y se retuercen como si estuvieran bailando.

Capturé cestas y más cestas de «sai-sai» y los puse a secar en el techo de mi cabaña colgados por la cola. Daban al arder una luz muy clara, aunque también producían un olor pestilente.

En cuanto a las armas me preocupé de hacer primero el arco y las flechas y desde luego estaba encantada cuando al probarlos vi que podía disparar más lejos y con mayor precisión que antes.

Dejé para lo último fabricarme una lanza mayor. Me preguntaba cómo conseguiría suavizar y dar forma a la larga vara o bastón que era su parte principal. Entretanto, coloqué un aro de pie-

dra bien sujeto en torno al extremo final, con objeto de darle a la lanza peso y facilidad para agarrarla. La punta quería hacerla —como era tradicional en mi tribu— con dientes de elefante marino.

Pasé muchas noches pensando en el mejor modo de cazar un elefante marino, porque no sabía la manera de conseguir, sin ayuda de nadie, matar una bestia tan grande. No podía tejer una red de algas, puesto que para usarla se precisaba coordinar después el vigor de varios hombres. Por cuanto recordaba, nunca logramos matar en la tribu un macho con flechas o alanceándolo. Tan sólo después de bien sujeto con la red era posible acabar con él, y aún entonces valiéndose de una gruesa maza. Sí habíamos matado en cambio con frecuencia hembras —para utilizar su grasa— sólo dándoles lanzazos, pero por desgracia sus colmillos no valían para lo que yo los precisaba.

Cómo poder lograr mi nuevo objetivo era el problema que más me preocupaba. Y, sin embargo, cada vez resultaba mayor mi decisión de intentarlo, porque la verdad es que, en toda la isla, nada podía sustituir a los dientes en forma de colmillo de un elefante marino, como puntas de flechas perfectas.

Capítulo 12

No dormí mucho la noche que precedió a mi expedición en busca de elefantes marinos. Pensaba sin cesar en la ley de la tribu que nos prohibía a las mujeres construir armas, y calculaba las posibilidades de que mis no muy perfectas flechas siguieran una trayectoria recta, así como, en el caso de hacerlo, pudieran clavarse lo bastante atravesando la dura piel del animal. ¿Y qué pasaría si los machos se revolvían para atacarme? ¿Y si quedaba herida en la cacería, y tenía que enfrentarme a los perros salvajes, de vuelta a casa, arrastrándome malherida por los senderos?

Pensé, digo, en esas y otras cosas similares, durante gran parte de la noche, pero al salir el sol ya estaba de camino hacia el lugar favorito de los elefantes marinos.

Cuando llegué al acantilado, las bestias habían abandonado el arrecife, reuniéndose en torno a la orilla. Los machos estaban sentados en la pedregosa pendiente, y ofrecían todo el aspecto de unas rocas grisáceas vistos de espaldas. En un plano inferior las hembras y sus crías jugueteaban entre las olas.

Quizá no resulte exacto ni apropiado hablar de los jóvenes elefantes marinos llamándolos «crías», puesto que son en definitiva del mismo tamaño que un hombre hecho y derecho. Pero, con todo, son infantiles en muchos aspectos. Siguen a sus madres a todas partes, empinándose sobre sus aletas posteriores —como los niños cuando están aprendiendo a andar—, emitiendo agudos chillidos y ruidos que denotan extremo placer, como solamente los pequeños saben hacer. Y antes de que se atrevan a abandonar la orilla para aprender a nadar, sus madres han de empujarlos hasta el agua, cosa que resulta en ocasiones bastante peliaguda debido a su gran peso.

Los machos están siempre a cierta distancia los unos de los

otros, pues son de muy mal carácter, celosos por naturaleza, y prontos al combate en cuanto algo les molesta. Debajo de mí había media docena de ellos entre el acantilado y la arena, cada uno sentado en solitario y adoptando aires de gran jefe, mientras vigilaba sin cesar el comportamiento de las crías y sus madres.

La hembra tiene un cuerpo suave y una faz que se parece bastante a la de un ratón, con un morro puntiagudo y largos bigotes. El macho, en cambio, es distinto: su hocico se prolonga hasta taparle la boca; la piel es fuerte y áspera, y se parece a tierra previamente mojada que se ha secado luego por la acción del sol, cuarteándose y resquebrajándose. Es, en verdad, un animal francamente feo.

Desde mi puesto de observación, en la parte superior del farallón, observé con mucho interés a todos y cada uno de aquellos animales, intentando dilucidar cuál sería —por pequeño— mi víctima favorita.

Todos tenían aproximadamente el mismo tamaño; todos, menos uno, que a la sazón era el más alejado del sitio donde yo me encontraba, y además quedaba en parte oculto por una roca. Era un macho joven, de un peso que quizá no sobrepasara la mitad del de los demás de la manada. Como no había hembras ni crías jugando cerca de él entre las olas, comprendí que no tenía familia alguna, por eso mismo no sería tan quisquilloso ni irritable.

Me deslicé despacio acantilado abajo. Para alcanzar a mi víctima tenía que pasar por detrás de todos sus congéneres, procurando no alarmar a la manada. Son animales extremadamente valerosos y no temen a nadie, por tanto, no se hubieran movido aun habiéndome visto avanzar, pero juzgaba que era mejor no ponerlos en guardia. Llevaba mi arco —que casi era tan alto como yo misma— y cinco flechas.

El sendero era áspero y estaba cubierto de piedras sueltas. Procuré con exquisito cuidado no hacerlas rodar pendiente abajo. Caminaba también intentando ocultarme de las hembras, que se alarman con facilidad, y hubieran prevenido al resto de la manada con sus alaridos.

Me arrastré hasta colocarme tras una gran roca inmediata al macho joven escogido como víctima. Luego, una vez en pie, puse una flecha en el arco, recordando repentinamente las advertencias de mi padre en el sentido de que, por ser una mujer, el arco saltaría hecho pedazos.

El sol estaba hacia el oeste, pero afortunadamente mi sombra no era visible para el elefante marino. La distancia entre él y yo era escasa, y tenía su espalda vuelta por completo hacia mí. Sin embargo, yo no sabía dónde intentar alojarle la primera flecha, si entre sus hombros o en la cabeza. La piel de esta bestia es fuerte, aun cuando muy delgada, pero debajo de ella hay espesas capas de grasa. Por otro lado, si bien su cuerpo es grande, la cabeza resulta comparativamente pequeña y ofrece escaso blanco.

Mientras estaba allí, detrás de la roca, sin saber qué hacer exactamente, preocupada de veras por la advertencia de mi difunto padre acerca de cómo, invariablemente, el arco manejado por una mujer de la tribu se rompería llegado el momento de usarlo, el animal empezó a desplazarse hacia el borde del agua. Al principio pensé que por alguna circunstancia me había oído llegar. Pronto me di cuenta, sin embargo, de que se encaminaba hacia las hembras que pertenecían al viejo macho que estaba en sus inmediaciones.

El elefante marino se mueve muy aprisa a pesar de su gran tamaño, bamboleándose a uno y otro lado, y apoyado en sus grandes aletas que utiliza como si fueran manos. El macho joven estaba acercándose al agua. Lancé mi flecha, y durante una parte de su recorrido fue directa al blanco; en el último momento cambió de dirección y pasó sin hacer daño junto a la víctima. No se había roto el arco entre mis manos, pero tampoco acerté con el disparo.

Obsesionada con el macho joven no me había dado cuenta de que el viejo estaba deslizándose pendiente abajo, hasta que oí piedras que entrechocaban por aquella dirección. Llegado a la altura de su rival lo derribó panza arriba con un solo golpe de sus hombros. El joven era tan alto como un hombre de buena estatura y dos veces más ancho; lo cual no impidió, por supuesto, que ante la fuerza del golpe rodara hasta el agua, quedando momentáneamente atontado.

El macho de más edad cargó sobre él moviendo furiosamente la cabeza, y gritando con tanta fuerza que su voz resonaba por todo el acantilado. El rebaño de hembras y crías que estaban entre el oleaje, rascándose unas cuantas la espalda con sus aletas, interrumpió sus juegos para contemplar el singular combate. Dos de las hembras estaban en mitad del camino que debía seguir el macho anciano para acometer a su rival, pero la bestia pasó por encima de ambas como si hubieran sido unas piedrecitas de nada. Valiéndose de sus poderosos dientes en forma de colmillo abrió una larga herida en un costado del macho joven.

Este último se levantó, y al volverse pude apreciar cómo sus ojos se habían tornado de un rojo brillante. Cuando el viejo cargó contra él por segunda vez, se le adelantó, hundiéndole los colmillos en el cuello. Al no soltar su presa, los dos enemigos rodaron juntos por el agua, levantado surtidores de espuma merced a sus frenéticos movimientos.

Las hembras habían escapado atemorizadas, pero el resto de los machos continuaba en sus primitivas posiciones, contemplando interesados los acontecimientos.

Ambos combatientes marcaron una pausa preparándose para un nuevo ataque. Era una buena oportunidad para disparar otra vez mi arco contra el joven, que se encontraba tumbado sobre la espalda, con sus dientes hundidos en el cuello del enemigo, pero esperaba verle ganar la batalla, y por eso permanecí en mi escondite sin mover un dedo.

El macho viejo tenía cicatrices tremendas en su cabeza y hombros, herencia sin duda de las batallas que librara en anteriores ocasiones. Repentinamente agitó con violencia la cola, intentando romper la presa que su enemigo mantenía en su cuello, y dio un golpe lateral contra una roca. Haciendo fuerza contra ella sacó todo el corpachón fuera del agua, y se deshizo del funesto abrazo del otro elefante marino.

Trepó con facilidad pendiente arriba, abierta de par en par su enorme boca, y seguido de cerca por su antagonista. Venía en dirección adonde yo estaba, y por mi parte, en la prisa por quitarme de su camino —sin saber si se proponía o no atacarme— di unos pasos retrocediendo. En ese momento resbalé en una piedra y caí de rodillas.

Sentí un agudo dolor, pero pude levantarme enseguida. Para

entonces el macho viejo había dado la vuelta en redondo, enfrentándose a su perseguidor con tal rapidez que el joven se vio sorprendido por completo. Nuevamente cayó al agua con violencia, y llevando además en el otro costado una profunda y larga herida que se debía a los colmillos del viejo.

Las olas se fueron tornando rojizas por la sangre, pero esta vez se incorporó sin tardanza, esperando la nueva carga de su adversario. Cuando se produjo se oyó un ruido como si en vez de animales hubieran chocado dos rocas. Una vez más el macho joven hincó sus colmillos en la garganta del otro, y juntos desaparecieron bajo las aguas. Al emerger de nuevo estaban todavía en mortal abrazo.

El sol había desaparecido, y la oscuridad era tan grande que apenas podía ver lo que sucedía. La pierna me dolía muchísimo, y como tenía que recorrer un largo trayecto no quise esperar más. Conforme iba subiendo el acantilado podía oír su jadeo y gruñidos, e incluso los escuché durante una buena parte del camino de vuelta.

Capítulo 13

Me dolía tanto la pierna cuando llegué al cobertizo que supuso un gran esfuerzo arrastrarme por debajo de la valla, y echar a un lado la gran piedra que tapaba uno de sus extremos.

Durante cinco soles no pude salir, porque mi pierna se había hinchado terriblemente, y carecía de hierbas para podérmela curar. Disponía de bastantes víveres, pero al tercer día escaseaba mi provisión de agua. Dos días más tarde el cesto calafateado en que la guardaba quedó vacío. No me quedaba más remedio que ir al manantial del barranco.

Partí con el alba. Me llevé algunos mariscos para comer, y como armas la lanza, el arco y las flechas. Iba muy despacio porque en realidad marchaba a rastras sobre las palmas de las manos y las rodillas, llevando los alimentos atados a la espalda, y tirando con una mano de las armas.

No era muy largo el trayecto hasta la fuente, pero pasaba por muchas rocas que en mis condiciones no podía trepar, de manera que hube de dar un largo rodeo a través de la espesura. Llegué al barranco cuando el sol estaba alto, y allí descansé bastante tiempo, y como la sed me enfurecía, rasgué un pedazo de cacto, machacándolo para calmarla mientras llegaba el momento de beber agua, una vez descansada la pierna.

Estaba reposando allí, chupando con deleite el jugo del trozo de cacto, cuando vi al gran perro gris, líder de la manada, entre los arbustos, un tanto por encima de mi nivel y mirándome con fijeza. Tenía la cabeza inclinada hacia el suelo, y husmeaba sus propias huellas, que al parecer acababa de hacer. En cuanto me vio —y fue casi en el acto— dejó de olisquear. Tras él apareció el resto de los perros salvajes, trotando en compañía. Al verme se detuvieron también.

Tomé el arco, enfilando una flecha, pero al hacerlo el enorme perro se esfumó en el matorral, y los demás dieron media vuelta siguiéndole. En un abrir y cerrar de ojos habían desaparecido. Como si jamás hubieran estado allí, contemplándome sin aullar.

Escuché los sonidos del ambiente. Se movían con tan poco ruido que no me era posible percibir sus pisadas, pero estaba segura de que intentarían rodearme entre todos. Poco a poco fui arrastrándome, parándome de vez en cuando para oírlos, echar una ojeada hacia atrás, y para medir la distancia que aún me separaba del manantial. Me dolía la pierna terriblemente. Tuve que dejar en el suelo el arco y las flechas porque la espesura era cada vez mayor, y no convenía perder tiempo, ni me servían de nada entre todos aquellos matorrales. Con una mano empuñaba firme la lanza.

Al fin llegué a la fuente. Manaba de una hendidura en la roca y la pared de piedra protegía tres lados del lugar.

Los perros salvajes no podrían atacarme en ninguna de esas direcciones; así que me tumbé de bruces y empecé a beber ansiosamente, vigilando al propio tiempo el barranco que se extendía a mis pies. Bebí grandes y continuos tragos, llené después el recipiente que llevaba y, sintiéndome ya más aliviada, inicié el camino hacia una cueva inmediata al manantial.

La cueva tenía una especie de reborde de roca negra encima de la entrada. Unos arbustos de poca altura crecían aquí y allá en las inmediaciones y entre ellos, asomando justo la cabeza, estaba el perrazo gris. No movió un solo músculo pero sus ojos amarillentos me seguían, volviéndose lentamente conforme me acercaba poco a poco a la entrada de la cueva. Otra cabeza apareció a su lado, y luego otra, y otra más. Todos los perros estaban demasiado lejos para usar con éxito mi venablo.

De pronto me di cuenta de que los matorrales se movían por el lado opuesto al que estaba el jefe de la manada. Los perros habían dividido sus fuerzas y me esperaban, ocultos en la espesura, para cuando regresara a casa a través del barranco.

Tenía ahora enfrente la cueva. Trepé penosamente hasta la boca y me dejé caer al otro lado. Por encima de mí podía oír ruido de rápidas pisadas, rotura de ramitas en el follaje; después se hizo el silencio más completo. ¡Estaba salvada! Sabía que los perros se acercarían al caer la noche, merodeando por el matorral hasta la mañana, pero sin atreverse a entrar en la cueva.

Aunque la entrada a la caverna era muy estrecha, una vez dentro había espacio suficiente incluso para ponerse de pie. Se filtraba constantemente agua por el techo, y el ambiente estaba helado, sin fuego para calentarlo, pero en ella me guarecí durante seis soles hasta que mi pierna se curó. Solamente fui una vez a buscar agua. El resto del tiempo continué encerrada.

Durante los soles que estuve en la caverna, decidí que la convertiría en otra casa, donde pudiera estar tranquila y cómoda si volvía a sufrir un accidente, o resultaba herida. Y aquello debía hacerlo tan pronto como tuviera la suficiente fortaleza y fuera capaz de andar.

La cueva se prolongaba mucho por debajo de la colina, dando vueltas y más vueltas, pero necesitaba tan sólo arreglar la zona inmediata a la boca, y en la que —durante parte del día al menos— podía verse el sol.

Mucho tiempo antes de mi estancia solitaria en la isla, los antepasados de nuestra tribu habían utilizado aquella misma caverna; aunque no sé exactamente para qué. A lo largo de las paredes de cada lado grabaron en la piedra figuras diversas. Se veían pelícanos flotando en el agua o volando, delfines, gaviotas, ballenas, elefantes marinos, cuervos, perros y zorros.

Muy cerca de la entrada de la caverna excavaron asimismo dos cuencos profundos en la roca, los cuales decidí usar como recipientes para guardar el agua, puesto que tenían mucha mayor capacidad que cualquier cesto mío.

Cavé unas cuantas hendiduras, ampliándolas para hacer estantes como en el cobertizo, y recogí mariscos y semillas para dejarlos allí. También estuve recolectando hierbas de la colina que se alzaba encima del manantial, para poderlas usar en caso de necesidad. Asimismo, decidí guardar en mi segundo domicilio el primer arco y flechas que construí en la isla.

Finalmente, después de preparar una cama con algas secas, y buscar trozos de madera seca para encender y mantener un pequeño fuego, cerré la abertura de acceso a la caverna con piedras, excepto un pequeño agujero en la parte superior del muro, a través del cual deslizarme para entrar o salir.

Hice todo esto pensando en las jornadas que había estado enferma, sin agua, padeciendo. Era un trabajo duro, realmente una labor que en la tribu hubiesen encomendado a los hombres, pero hasta que no terminó no quise ir al acantilado donde solían vivir los elefantes marinos.

Cuando llegué a esa zona la marea estaba baja. A bastante distancia del agua, tumbado sobre la pendiente, estaba el cuerpo del macho viejo. Las gaviotas lo habían descarnado hasta no dejar sino el esqueleto, pero encontré lo que iba buscando.

Algunos de sus dientes en forma de colmillos eran tan largos como mi mano, y casi la mitad de anchos. Estaban curvados por ambos extremos; varios aparecían rotos, pero cuando hube frotado las mejores piezas con arena, pude obtener cuatro hermosas puntas de lanza, anchas por debajo, puntiagudas por arriba, y de aristas afiladísimas.

Construí un par de lanzas más con ellas, y dado el armamento de que disponía ahora, juzgué que podría presentarme cuando quisiera en la cueva de los perros salvajes, en su misma guarida.

Capítulo 14

Recordaba haber visto perros salvajes en la Isla de los Delfines Azules desde que tenía uso de razón, pero tras asesinar los aleutianos a la mayoría de los hombres de nuestra tribu, los perros que tenían aquellos difuntos se unieron, faltos de amo, a la manada que merodeaba por todos lados, y así resultó ésta cada vez más atrevida. Durante la noche no cesaba de recorrer el poblado, y en pleno día jamás andaba lejos. A consecuencia de aquella actitud los supervivientes de la matanza aleutiana decidimos librarnos de los perros salvajes, pero luego se presentó el barco de los hombres blancos, y todo el mundo abandonó Ghalas-at.

Yo estaba segura de que la manada se había vuelto más audaz merced a la actividad desplegada por su líder, aquel perrazo grisáceo de ojos amarillentos, con el pelo del cuello muy espeso.

Nunca habíamos visto, ni yo ni nadie de la tribu, semejante animal antes de la llegada de los aleutianos; así, que debió de venir con esa gente, y lo dejaron sin duda en tierra al salir huyendo. Era mucho mayor que cualquiera de los perros normales de la isla, que además tienen el pelo muy corto y los ojos color castaño. Estaba segura de que era un perro de raza aleutiana.

Yo había conseguido matar a cuatro de esos feroces animales, pero todavía quedaban muchos; más que al comienzo, porque entretanto habían ido naciendo cachorros. Y los jóvenes resultaban aún más peligrosos que los otros.

Para conseguir mis propósitos empecé por ir a una colina cercana a su guarida —cuando la manada estaba vagabundeando fuera de ésta— y recogí brazada tras brazada de maleza, matorrales y arbustos, que fui colocando junto a la entrada de su cueva. Solían regresar a la misma por la mañana temprano, después de pasar la noche entera en sus correrías buscando algo que comer. Me llevé el arco grande, cinco flechas, y mis dos mejores venablos. Fui andando tranquilamente, sin hacer ruido, describiendo un amplio círculo al llegar a la entrada de su guarida, y me aproximé a la misma desde un flanco. Allí dejé todo mi armamento excepto una de las lanzas.

Prendí fuego a la maleza acumulada y la empujé hacia el interior de la cueva. Si los perros salvajes me oyeron, lo cierto es que no se notó ruido alguno. Cerca tenía una roca que se proyectaba un tanto hacia delante; me subí a ese accidente del terreno para esperar, tomando las armas entonces.

El fuego crecía en intensidad. Parte del humo subía colina arriba, pero la mayoría se metía en la guarida de los perros salvajes. Pronto tendría que abandonar su refugio la manada entera. No esperaba matar en esa ocasión a más de cinco, porque no llevaba encima más flechas, pero me daba por contenta con que el líder fuera uno de los cazados. Aunque luego, pensándolo mejor, decidí ahorrar todas las flechas para él; debía darle su merecido.

Ninguno de los perros apareció mientras hubo fuego ardiendo. Al extinguirse salieron tres rápidamente y se escaparon. Luego aparecieron unos cuantos más, siete, según creo, y tras un intervalo otros tantos. Pero aún quedaban muchos dentro de la guarida. El grueso del ejército enemigo, pensé.

Por fin apareció el jefe de la manada: al contrario que sus compañeros él no quiso huir corriendo. Saltó por encima de las humeantes cenizas y quedó ante la entrada de la cueva, oliendo insistente el aire. Estaba tan cerca del animal que podía ver cómo temblaba su nariz, pero él en cambio no me vio hasta que le apunté con el arco. Afortunadamente, no se asustó por mi movimiento.

Quedó frente a mí, con sus patas delanteras firmemente apoyadas en el suelo y un tanto separadas, presto a saltar. Sus ojos se habían cerrado hasta no ser sino un par de hendiduras alargadas. La flecha le entró en pleno pecho. Dio media vuelta, intentó alzar la pata para andar, y cayó al suelo. Le envié otra flecha que se perdió sin dar en el blanco.

En aquel momento salían otros tres perros furtivamente de la cueva. Usé mis últimas flechas, y pude matar a dos de ellos.

Llevando las dos lanzas bien sujetas bajé del resalte rocoso, y me fui derecha hacia la espesura, en busca del lugar en el que había derribado al jefe de la manada. No estaba allí. Mientras lanzaba mis flechas contra sus camaradas, el líder escapó. No podía haber ido muy lejos, desde luego, a causa de su herida, pero aun mirando por todas partes en esa zona cercana, no me fue posible dar con el perrazo jefe.

Esperé largo tiempo para ver si podía rematarlo, y luego me metí en la guarida. Era un agujero profundo en la colina, pero entraba luz suficiente.

En un rincón, lejos de la abertura de acceso, estaba medio devorado el cadáver de una zorra. Junto a él un perro negro tendido en el suelo con cuatro cachorros. Uno de ellos vino despacio hacia mí. Era una bolita de pelo que casi me cabía en una sola mano. Quise cogerlo, pero la madre saltó incorporándose, al tiempo que me enseñaba los dientes. Levanté mi venablo en alto conforme retrocedía para salir del cubil, pero no lo utilicé. El líder herido no estaba en la cueva.

Llegaba la noche cuando salí al aire libre, y me marché hacia la cabaña andando por el borde de la colina que remataba en el acantilado. No llevaba mucho rato recorriendo aquella senda —de la que solían servirse en sus entradas y salidas de la cueva los mismos perros salvajes— cuando pude ver en el suelo parte del asta de mi flecha. Estaba roída casi a la altura de la punta, y ya no me cabía duda de que pertenecía a la que estaba clavada en el animal, el jefe que iba buscando.

Más adelante había huellas en el polvo de la senda. Eran desiguales, como si el perro caminara despacio y vacilante. Las seguí hacia el acantilado, pero cayó del todo la noche, y no pude continuar la búsqueda.

Al día siguiente, y al otro, llovió sin cesar y no salí de mi cabaña en busca del jefe de la manada herido. Pasé la jornada fabricando más flechas. Al tercer día me puse en marcha para seguir el rastro que los perros habían hecho en torno a mi cobertizo, provista de venablos, arcos y flechas.

No había huellas pues la lluvia las había borrado todas, pero seguí la senda hasta la zona rocosa donde lo había visto en anteriores ocasiones. En el extremo más lejano, considerado el camino desde mi casa, estaba el perrazo gris tumbado en tierra.

Tenía alojada la flecha rota en el pecho, y yacía acostado de lado, con una pata debajo del cuerpo.

Lo tenía a unos diez pasos de mí, de manera que pude examinarlo con toda claridad. Estaba segura de que había muerto, pero de todos modos levanté el venablo y le apunté. Cuando estaba a punto de lanzar el venablo, él se incorporó un tanto, alzando la cabeza y dejándola caer seguidamente otra vez.

Aquello me desconcertó por completo, y estuve con el brazo en alto, lista para arrojar el venablo, un buen rato, sin saber qué hacer, incapaz de decidir si tenía que servirme de la lanza o del arco y las flechas. No era la primera vez que un animal se hacía el muerto para escapar a mi persecución o caza, y luego, cuando menos lo esperaba, salía corriendo tan campante.

A la distancia que me encontraba del animal, el arma mejor era la lanza, pero no sabía usarla con tanta facilidad como una flecha, y por esa razón trepé a una roca inmediata desde la que podía ver a mi enemigo si intentaba correr. Fui con el máximo cuidado colocando pies y manos mientras subía. Llevaba a mano una segunda flecha por si fallaba la primera. Tensé el arco, lo coloqué en posición de disparo, y apunté esta vez a la cabeza del perro.

Me resulta imposible explicar cuál fue la causa de que al cabo no lanzara la flecha. Estaba allí encima de la roca, con el arco tenso y, sin embargo, no me decidía a disparar. El perrazo seguía tumbado, inmóvil, y quizá fuera ésa la causa de que no partiera mi flecha. Si se hubiera levantado para escapar, de seguro le hubiera atravesado. Permanecí en la misma posición largo rato, mirándolo fijamente. Luego salté de la roca.

No hizo el menor movimiento cuando me acerqué a él, y por mi parte tampoco pude comprobar que aún respiraba hasta encontrarme muy cerca. La punta de la flecha estaba alojada en su pecho, y el asta aparecía rota, cubierta de sangre. El espeso pelo del cuello lo tenía empapado por las pasadas lluvias.

No creo que se diera cuenta de que lo levantaba en el aire, pues su cuerpo estaba desmadejado, yerto casi, como si hubiera muerto. Pesaba enormemente, hasta el extremo de que la única forma de levantarlo fue poniéndome de rodillas, y echando cada una de sus patas delanteras por mis hombros. Colocado así, y parándome a descansar cuando me encontraba demasiado agotada, lo llevé hasta el promontorio.

No podía pasar con el perro por debajo de la cerca, de modo que corté la ligazón de dos costillas de ballena, levanté las mismas, y así pude introducir al perro en casa. No me miró ni movió la cabeza cuando lo deposité al fin en el suelo de mi cabaña, pero tenía la boca abierta y respiraba, sin duda alguna.

La punta de la flecha no era grande —ésa fue la suerte del perro— y salió sin dificultades, aunque la verdad es que había penetrado profundamente. No se movió mientras lo atendía, ni tampoco luego, cuando le limpié la herida con un palo sin corteza, del arbusto llamado por mi tribu «coral». Se trata de una planta que produce unas semillas venenosas, pero, sin embargo, suele curar heridas que ninguna otra logra aliviar.

No había recogido alimento durante varios días, y mis cestos y estantes estaban vacíos, así que, tras dejar agua para el perro, y remendar de nuevo la cerca, bajé hasta la orilla del mar. No tenía gran seguridad de que el perro viviera, de modo que no me preocupé mucho dejándolo solo.

Durante todo el día estuve entre las rocas buscando mariscos, y solamente en una ocasión pensé en el perro herido, mi feroz enemigo, tumbado en el suelo de la cabaña. Precisamente si pensé en él fue para preguntarme por qué no lo había matado en fin de cuentas.

Todavía respiraba cuando, al hacerse de noche, regresé a casa; sin embargo, no se había movido de donde lo dejé. Volví a limpiar la herida con otra rama descortezada del mismo arbusto. Entonces noté que movía la cabeza, y levantándosela le di de beber. Aquella era la primera vez que me miraba desde que lo encontré malherido en la senda. Tenía los ojos hundidos y su mirada parecía llegarme desde el fondo de la cabeza.

Antes de irme a dormir le di más agua. Por la mañana, dejé comida, al marcharme a pescar, especialmente preparada para él. Al volver por la tarde vi que se la había tragado toda. Estaba en el rincón echado, observándome fijamente. Siguió mirándome sin cesar en tanto yo encendía fuego, preparaba mi cena y la consumía en silencio. Sus ojos amarillentos me seguían por doquier.

Aquella noche dormí sobre la roca porque me daba miedo mi huésped; al llegar la aurora salí en busca de alimentos no sin antes dejar abierto el agujero de acceso a mi recinto, para que se marchase si tal era su deseo.

Cuando volví estaba tendido al sol, con la cabeza entre las patas delanteras. Había yo alanceado un par de peces bastante hermosos, que guisé para que me sirvieran de cena. Como vi que el perrazo estaba muy delgado, le di uno, y después de habérselo comido se me acercó, echándose junto a la fogata y vigilándome con sus ojos amarillos, que eran muy estrechos y vueltos hacia arriba por el extremo.

Durante cuatro noches seguí durmiendo en la roca, y cada mañana quedaba abierto el agujero de entrada al cobertizo para que se fuera si quería. No dejé nunca de llevarle un pez al volver de mis expediciones de caza y pesca, y siempre lo encontraba junto a la cerca, por la parte de dentro, esperando su comida. No quería, sin embargo, tomar directamente el pez de mi mano, así que lo ponía en el suelo, de donde él lo recogía enseguida. Hubo una vez que se lo ofrecí adelantando la mano, pero él correspondió a este movimiento mío retrocediendo un paso, y enseñándome los dientes.

Al cuarto día de tal situación regresé a casa más temprano de lo acostumbrado, y no estaba esperándome junto a la valla. Sentí que me embargaba una extraña sensación. En anteriores ocasiones, siempre que volvía a la cabaña esperaba que el perro se hubiera marchado ya. Pero ahora, al arrastrarme para pasar bajo la cerca, me dominaba un sentimiento diferente. Le llamé: «¡Perro! ¡Perro!», así, simplemente, porque la verdad es que no le había puesto nombre alguno.

Me precipité dentro de la cabaña llamándolo: allí lo tenía. Acababa por lo visto de levantarse, y se estaba estirando mientras emitía un prolongado bostezo. Miró primero al pez que yo llevaba en la mano, luego fijó su vista en mí, y al cabo meneó la cola contento.

Esa noche dormí en casa. Antes de cerrar los ojos estuve pensando un nombre para él porque no podía seguir llamándole «Perro» a secas. El nombre que discurrí fue *Rontu,* que en el lenguaje de mi tribu significa «Ojos de Zorro».

Capítulo 15

El barco de los hombres blancos no volvió esa primavera. Ni tampoco durante el verano. De todos modos, cada día, hallándome en el promontorio o mientras recogía moluscos en las rocas, y lo mismo si trabajaba en mi canoa, lo esperaba. También vigilaba la posible llegada del barco de los aleutianos.

No estaba segura de lo que haría si éstos se presentaban de nuevo en la isla. Podía ocultarme en la cueva que había preparado con agua y comida, porque el matorral era espeso en aquella zona, y el extremo inferior del barranco al que se abría la caverna solamente podía alcanzarse desde el mar. Los aleutianos no habían utilizado esa fuente durante sus anteriores viajes —y por tanto, no la conocían— debido a la existencia de otro manantial muy cerca del sitio donde solían acampar. Pero, de todas formas, podían dar con la cueva casualmente, y en ese caso debía prepararme a huir si fuera necesario.

Por eso es por lo que estaba ahora trabajando en la canoa que abandoné junto al mar. Fui antes a inspeccionar el escondite donde mi tribu abandonó sus embarcaciones antes de irse con los blancos. Las canoas estaban demasiado secas y se habían rajado sus tablas, aparte de resultar demasiado pesadas para las fuerzas de una sola chica, incluso de una muchacha tan fuerte como yo lo era entonces.

El ir y venir de las mareas casi había enterrado la canoa, y tuve que escarbar jornadas enteras para poderla extraer de la arena. Como el tiempo era caluroso dejé de hacer el viaje de ida y vuelta hasta mi cabaña del promontorio, limitándome a guisar mis comidas en el mismo banco de arena, y a dormir esas noches tumbada en el interior de la canoa, con lo cual conseguí ganar bastante tiempo.

Incluso aquella canoa era demasiado grande para que pudiera meterla o sacarla del agua fácilmente, de manera que decidí construir una menor. Lo hice aprovechando el material de la única que había quedado en uso en toda la isla. Solté las tablas cortando los tendones que las ligaban, y ablandando el betún que las mantenía unidas tras haberlo calentado concienzudamente. Luego di forma a aquellas tablas reduciéndolas a la mitad de su anterior longitud, usando para esto una serie de agudos cuchillos fabricados con una piedra negra apropiada, que sólo se encontraba en un lugar concreto de la isla. Cuando tuve que armar la canoa de nuevo me serví del procedimiento tradicional de mi tribu que ya he descrito: pez espesa y cuerdas vegetales.

Al terminar mi obra la canoa no tenía tan bellas formas como la anterior, pero sí podía yo levantarla por un extremo, y arrastrarla así hacia el mar.

Durante todo el tiempo que estuve trabajando en la nueva canoa —y la faena citada me ocupó todo el verano— Rontu no se separó de mi lado. Se pasaba la jornada durmiendo en la sombra que marcaba la canoa sobre la arena, o corriendo de aquí para allá por la playa, ladrando mientras perseguía a los pelícanos que viven por esa zona en grandes colonias, ya que la pesca es numerosa en las aguas inmediatas. Rontu no llegó nunca a cazar alguna de aquellas aves, pero seguía insistiendo hasta quedar agotado y con la lengua fuera.

Había aprendido rápidamente cuál era su nombre, y muchas palabras que le interesaban de modo especial. Por ejemplo, «zalwit» que es como los de mi tribu llamábamos al pelícano, o «naip», que quiere decir pez en general en nuestro lenguaje. Hablaba frecuentemente con él usando esas palabras, y muchas otras que no entendía. Hablaba con él como si estuviera charlando con un miembro de mi familia o de mi tribu.

—Rontu —le decía, cuando me había robado un pez que preparaba yo con sumo cuidado para cenar—. Dime por qué siendo un perro tan bonito eres a la vez semejante ladrón.

Echaba su cabeza primero hacia un lado y después al otro, aunque sólo sabía el significado de dos de esas palabras, y se me quedaba mirando fijamente.

En otra ocasión le decía:

—Hoy es un día hermosísimo. Nunca he visto el océano tan en calma, y el cielo parece una concha de color azul. ¿Cuánto tiempo crees tú que va a durar?

Rontu seguía entonces mirándome de manera peculiar, como si entendiera mis frases, aun cuando, por supuesto, no se enteraba del significado de las mismas.

Gracias a ese sistema de dirigirme al perro conseguía aliviar la insufrible sensación de soledad que sentía. De no ser por *Rontu*, ignoro lo que habría hecho.

Cuando la canoa estuvo terminada, seco el betún, y lista para botarla, decidí probar sus condiciones marineras y ver si hacía agua por alguna brecha. Me dispuse, pues, a emprender un largo viaje alrededor de la isla. La expedición me costó una jornada entera, de la mañana a la noche.

Hay muchas cuevas en la isla con acceso directo desde el mar. Algunas son amplias en verdad, y penetran profundamente en los acantilados. Una de esas cavernas estaba próxima al promontorio donde dispuse mi alojamiento.

La entrada era estrecha —no mucho más amplia que el paso justo para la canoa y su tripulante— pero una vez dentro se ampliaba bastante, y resultaba más capaz que toda el área de mi cabaña al aire libre.

Las paredes eran negras, muy suaves al tacto, y subían hasta encontrarse muy por encima de mi cabeza. El agua del interior tenía asimismo un tono sumamente oscuro, excepto en el momento en que la iluminaban directamente los rayos del sol. Entonces adquiría tonalidades doradas, y podía verse a los peces, que nadaban felices. Eran diferentes a los de los arrecifes, con ojos más grandes y agallas que hacían el efecto de algas unidas a su cuerpo.

Aquella cavidad daba acceso a otra que resultaba ya más pequeña y oscura hasta el extremo de no poderse ver apenas en su interior. El silencio era total allí, sin que se escuchara el golpear rítmico del oleaje contra la orilla; sólo un tenue susurro conforme el agua lamía mansamente las paredes. Pensé en el dios Tumai-yowit, aquel que se enfadó con Mukat desapareciendo en los abismos, descendiendo a otro mundo, y me preguntaba si no residiría en algún lugar parecido a éste.

Allá lejos se veía un poco de luz, un puntito no mayor que mi mano, y en vez de volverme atrás, que era mi deseo en ese momento, impulsé la canoa en busca de la luz, dando vueltas y más vueltas hasta que al cabo pude llegar a una gran cavidad como la de la entrada.

Todo a lo largo de una de las paredes había un resalte rocoso que daba al mar a través de una pequeña abertura. La marea estaba alta, pero aun con todo su nivel no alcanzaba a cubrir aquel reborde de la roca. Era un sitio ideal para ocultar una canoa, la cual podía, sin especiales dificultades, ser izada hasta esa especie de estante natural, quedando guardada en un lugar realmente difícil de encontrar. Coincidía además que la abertura iba a parar al acantilado justo debajo de mi cabaña. Todo lo que necesitaba era, por tanto, una senda hasta la cueva, y así podría tener mi canoa protegida y muy a mano.

—Hemos hecho un gran descubrimiento —dije, feliz, a *Rontu*.

El perro no me oyó. Estaba observando un «pez diablo», que nadaba algo más allá del acceso a las cuevas. Este animal, que algunos llaman pulpo, tiene una cabeza pequeña con ojos salto-

nes, y multitud de brazos alrededor. Durante todo el día *Rontu* había estado ladrando; a los cormoranes, a las gaviotas, a las focas; a cuanto se movía por tierra, mar o aire, en una palabra. Ahora, en cambio, se mantenía inmóvil, inspeccionando aquella cosa negra que se deslizaba por el agua.

Dejé que la canoa siguiera deslizándose sola, y me arrodillé para ocultarme al extraño animal hasta que llegara el momento de tomar mi lanza y usarla contra él.

El pulpo estaba ante nosotros, nadando despacio no lejos de la superficie, moviendo todos sus tentáculos acompasadamente. Los pulpos grandes resultan peligrosos si uno se encuentra en el mar con ellos, porque son animales de brazos tan largos como los del hombre, y enseguida salen disparados a enlazarse en la víctima. Tienen también una boca grande y un pico agudo en la zona en que los tentáculos se unen a la cabeza. Aquel pulpo era de los mayores de su especie que jamás viera.

Como *Rontu* estaba de pie en la proa, y yo no podía maniobrar con la canoa hasta dejarla en la posición de ataque ideal, tuve que sacar parte del cuerpo fuera a fin de servirme del venablo. Al hacerlo, el pulpo vio mi movimiento y expulsó en el agua un líquido espeso y negro que lo ocultó en el acto.

Yo sabía que no estaba en el centro de aquel líquido; precisamente lo había dejado tras de sí al escapar. Por tanto, no dirigí mi lanza contra esa especie de nube, sino que tomé el remo esperando que reapareciera. Cuando lo hizo estaba a dos largos de distancia de mi canoa, y por muy aprisa que pudiera remar ya no lo alcanzaría.

—*Rontu* —le dije, porque no cesaba de contemplar el líquido negruzco que flotaba entre dos aguas—, tienes mucho que aprender de ese bicharraco.

Rontu no me miró ni emitió sonido alguno. Echó la cabeza hacia uno y otro lado alternativamente, sobremanera extrañado, y aún más cuando la nube terminó por esfumarse, quedando sólo el agua clara en su lugar.

Estos animales constituyen el bocado más delicioso entre los que viven en aguas de la isla. Su carne es blanca, tierna y suave. Pero resultan difíciles de pescar si no utiliza uno cierto tipo especial de lanza. Decidí que me prepararía esa clase de venablo durante el invierno, cuando me sobraría tiempo para cualquier tarea que quisiera emprender.

Remé hasta llegar a la Caleta del Coral, que no estaba lejos de la caverna que acababa de inspeccionar, y una vez allí saqué la canoa del agua para que no sufriera durante las primeras tormentas del invierno. Estaría a salvo en ese sitio, y llegada la primavera la ocultaría en la cueva que habíamos encontrado *Rontu* y yo. Mi viaje de pruebas había constituido un éxito. La canoa era manejable y no pesaba excesivamente. Me sentía muy feliz.

Capítulo 16

Las clásicas tormentas acompañadas de fuerte lluvia aparecieron pronto esta vez. La ventolera que azotaba la isla lo llenaba todo de arena. Durante esa época me preparé otro vestido, pero la mayor parte del tiempo lo pasé fabricando una lanza especial para atacar a los pulpos grandes.

Había visto fabricar este tipo de venablos a mi padre, porque siempre me gustó observar su trabajo preparando armas: lanzas, arcos y flechas. Pero, realmente, no presté la atención debida para aprender la técnica de su fabricación. De todos modos, recordaba el aspecto que tenía, y cómo solía usarlo en mi tribu. Gracias a esos recuerdos, y tras muchas horas de trabajo y otras tantas de equivocaciones, pude construirme la dichosa lanza. Trabajaba sentada en el suelo, con *Rontu* a mi lado y las tormentas sucediéndose unas a otras, mientras el viento gemía alrededor de mi refugio.

Quedaban aún cuatro colmillos del elefante marino, y aunque los fui rompiendo en el intento de construirme una buena lanza, logré salvar el último, que fue el que sujeté al extremo de un palo aguzado. Hice luego una especie de anillo, y lo aseguré en dicho extremo. En él puse la punta que iba unida por una larga cuerda hecha de tendones retorcidos. Cuando se lanzaba el venablo y éste penetraba en la carne del pulpo, la punta se soltaba del palo propiamente dicho, el cual quedaba flotando en el agua mientras la aguzada punta continuaba unida a una cuerda que antes se ataba uno a la muñeca. Era una lanza sumamente apropiada para tal tipo de operación, puesto que podía arrojarse desde cierta distancia.

El primer día de primavera bajé a la Caleta del Coral llevando mi nueva arma. Sabía que acababa de empezar la primavera porque al amanecer de esa jornada el cielo estaba lleno de bandadas de pájaros emigrantes. Eran pequeños y negruzcos, y solamente aparecían volando por encima de la isla en esa época del año. Llegaban del sur y se detenían un par de soles, buscando su alimento por los barrancos; más tarde, todos juntos, emprendían otra vez el vuelo rumbo al norte.

Rontu no vino conmigo a la playa porque le había dejado salir de la cerca, y cuando me puse en marcha camino del mar todavía estaba fuera de casa. Los perros salvajes se acercaron a menudo durante todo el invierno a la valla que protegía mi cabaña, y él no les prestó atención, pero en cambio desde la noche anterior, después de haberse ido los animales salvajes, *Rontu* no abandonaba la cerca. Gemía recorriéndola de un lado a otro sin cesar. Me empezaba a preocupar su extraña actitud, y cuando no quiso comer, le dejé salir al exterior.

Recorrí la playa dispuesta a salir de pesca. Empujé la canoa para meterla en el agua, y una vez embarcada remé en dirección al arrecife, donde estaba segura de encontrar al pulpo. El agua tenía la misma transparencia que el aire. Abajo, muy profundo, las hierbas marinas se movían como si una brisa tibia las agitara. Entre ellas iba deslizándose el pulpo con todos sus tentáculos alerta.

Me hacía feliz volver de nuevo al mar después de las tormentas invernales, sobre todo pensando en la eficacia de mi nueva lanza, que empuñaba con firmeza; pero mientras perseguí —la mañana entera— al pulpo gigante, no dejaba de pensar en *Rontu*. Todo estaba a mi favor en aquel momento, y por tanto debía sentirme feliz; sin embargo, no me encontraba a gusto. ¿Regresaría a casa, o pensaba reanudar la vida anterior en compañía de sus salvajes camaradas? ¿Acaso iba a convertirse nuevamente en mi enemigo? Sabía que ni siquiera entonces podría matarlo, después de haber sido mi buen camarada y amigo.

Cuando el sol estaba alto oculté la canoa en la cueva que habíamos encontrado, porque nos acercábamos a la época que señalaba la aparición de los aleutianos, y con dos pequeñas lubinas que había alanceado —aun cuando no pude hacer otro tanto con el pulpo gigante— trepé acantilado arriba. Hubo un momento en que pensé trazar un sendero desde la cueva a mi cabaña, pero al cabo cambié de idea por temor a que pudiera verse desde un barco, o por cualquiera que recorriera el promontorio.

La subida era muy empinada. Al llegar a la cumbre me detuve para respirar hondo. La mañana estaba tranquila, y los únicos ruidos que se escuchaban eran los producidos por unos cuantos pajaritos saltando de arbusto en arbusto, coreados por los gritos de las gaviotas a las que desagradaba la presencia de esos extraños. Luego pude oír el ruido de un combate entre perros. Llegaba de muy lejos, quizá desde el barranco. Cogiendo el arco y unas cuantas flechas salí a toda velocidad en dirección al sitio de donde procedía el ruido.

Bajé por el sendero que llevaba al manantial. Por toda esa zona abundaban las huellas de perros, especialmente en torno a dicha fuente. Entre ellas identifiqué las de *Rontu*, que eran más largas. Había más rastros cruzando el barranco que termina en el mar. Cuando estaba identificándolos oí de nuevo el distante sonido de la lucha.

Crucé con dificultad el barranco, impedida como iba por el arco y las flechas. Al cabo llegué al sitio en el que el barranco se abre formando un prado que está justo al borde de un pequeño farallón. Algunas veces y en época de verano, tiempo atrás vivió por esa zona gente de mi tribu. Recolectaban mariscos en las rocas y los consumían allí mismo, dejando las conchas vacías amontonadas hasta formar unos montículos sobre los cuales se depositó la tierra, y creció la hierba, así como una planta de hojas gruesas que nosotros llamábamos «guapán».

En un montículo, sobre la hierba y rodeado de plantas, estaba *Rontu*. Se hallaba frente a mí dando la espalda al acantilado. Tenía delante, constituyendo un medio círculo, a la manada de perros salvajes. Al principio supuse que lo habían acorralado contra el farallón, y se disponían a lanzarse sobre él. Pero pronto observé que dos de los perros aquellos estaban un tanto separados del conjunto, entre sus compañeros y *Rontu* y tenían ambos el hocico bañado en sangre.

Uno de ellos era el líder que ocupó el puesto de *Rontu* cuando éste se vino a vivir conmigo. El otro, de piel a manchas, era un perro que nunca había visto entre los de la manada. La batalla se desarrollaba entre *Rontu* y la pareja de enemigos descrita. El resto de los perros salvajes esperaba paciente para acabar con el vencido.

Era tan grande el escándalo organizado por la manada, que no me habían oído llegar a través de los arbustos, ni me vieron cuando me detuve para observarlos en el borde del prado. Puestos en dos patas ladraban sin tasa, mirando fijamente a sus camaradas en lucha. Pero desde el primer momento supo *Rontu* que yo estaba por las cercanías. Levantó la cabeza y husmeó insistentemente el aire.

Los dos perros que se le enfrentaban trotaban arriba y abajo por delante del montículo, vigilando el menor movimiento de *Rontu*. La lucha había empezado quizás en el manantial, y se trasladaron luego a ese sitio como más conveniente para combatir. El acantilado protegía a *Rontu* de ataques por la espalda; así que sus dos enemigos intentaban alguna otra manera de acercársele. La partida hubiera resultado para ellos extraordinariamente fácil de haberle podido atacar, a la vez, uno por la espalda y el otro por delante.

Mi perro no se movía de la cumbre del montículo. De cuando en cuando agachaba la cabeza para lamerse una herida de la pata, pero, desde luego, ejecutaba tal movimiento sin separar un instante los ojos de sus enemigos, que seguían incesantes sus carreras arriba y abajo delante de él.

Podía haberles disparado sendas flechas, porque estaban a mi alcance, o quizá pude espantar al resto de la manada, pero lo único que hice fue seguir tras los arbustos y esperar. Era un combate entre ellos y *Rontu*. Si lo paraba entonces, seguramente se reanudaría en otra ocasión, tal vez en un lugar menos favorable para él.

Rontu volvió a lamerse la herida, y en esta ocasión descuidó la vigilancia de la pareja que le buscaba las vueltas. Pensé que era una trampa que les tendía, y así resultó, porque ambos se precipitaron a atacarle. Lo hicieron por sitios opuestos, con las orejas bajas y enseñando los dientes.

Rontu no esperó a que le dieran un zarpazo. Saltando contra el que primero le alcanzó, bajó la cabeza y atrapó una pata delantera del animal. La manada estaba inmóvil y silenciosa, y pudo oírse el ruido del hueso al quebrarse. El perro se retiró cojeando, andando con tres patas únicamente. Mientras, el segundo atacante había coronado el montículo. *Rontu* se revolvió en el acto para presentarle batalla, aunque no a tiempo de evitar su primer zarpazo. La dentellada iba dirigida a su garganta, pero, en un movimiento desesperado, *Rontu* logró que le alcanzara sólo en el flanco, pese a lo cual se derrumbó sobre el montículo.

En aquel momento, mientras estaba allí, sobre la hierba, con el perro de manchas que le había propinado el golpe dando vueltas en torno a él, y la manada acercándosele despacio, sin darme cuenta de lo que hacía puse una flecha en el arco. Una buena distancia separaba a *Rontu* de su atacante principal, y podía yo terminar el combate antes de que el resto de los perros se hubiesen aproximado hasta caer sobre el mío. Y, sin embargo, según ocurriera antes, no lancé el proyectil.

El perro de la piel a manchas se detuvo. Dio media vuelta, y tornó a saltar, esta vez atacando a *Rontu* por detrás.

Rontu estaba aún en el césped, con sus garras bajo el cuerpo, y creo que no se dio cuenta de que el enemigo se le venía encima. Pero como un rayo se levantó, evitando el choque en su mayor parte, al tiempo que hincaba sus colmillos en la garganta del otro.

Rodaron juntos montículo abajo sin que *Rontu* soltara la presa. La manada quedó inquieta —pero sentada— a corta distancia de ambos.

En pocos momentos ya se había levantado *Rontu*, dejando al perro de las manchas donde cayera. Subió al montículo, levantó la cabeza, y emitió un prolongado aullido. Nunca había oído yo una cosa semejante. Incluía el sonido muchas cosas y circunstancias que no podía comprender.

Luego el vencedor descendió trotando, pasó junto a mí y subió barranco arriba. Cuando regresé a casa allí lo tenía esperándome, como si nunca hubiese abandonado la cabaña, y como si jamás hubiera habido lucha alguna.

En todo lo que le quedaba de vida, *Rontu* no iba a escapárseme de nuevo, y los perros salvajes, que por alguna razón oscura se dividieron en dos manadas, nunca regresaron a la zona del promontorio.

Capítulo 17

Aquella primavera las flores abundaban como pocas veces a causa de las persistentes lluvias que habíamos sufrido en la isla durante el invierno. Las dunas estaban cubiertas de las llamadas por mi gente «flores de arena», rojas, con manchitas en ocasiones rosas y otras veces blancas. La yuca crecía vigorosa entre las rocas del barranco. Sus cabezas estaban llenas de globitos peludos —no mayores que una piedrecita— y del color del sol al alba. Los altramuces abundaban en las cercanías de los manantiales. Sobre los soleados farallones, en hendiduras de la roca donde nadie podía haberse imaginado que lograra arraigar un vegetal, aparecían los pétalos rojos y amarillos del arbusto «comul».

También eran abundantes los pájaros. Había muchos colibríes, capaces de detenerse en el aire, que parecen pedacitos de piedra pulimentada y tienen unas largas lengüecillas para chupar la miel. Arrendajos azules, que son unos pájaros muy pendencieros y ruidosos, y carpinteros blanquinegros que agujereaban los tallos de yuca e incluso los postes de mi cobertizo, picoteando en su entusiasmo incluso los dientes de ballena que me servían de vallado. Mirlos de ala roja que venían volando desde el sur a la isla, y bandadas de cuervos. Aquel año apareció incluso un ave que nunca viera anteriormente: tenía el cuerpo amarillo y la cabeza color escarlata.

Un par de esa última clase de pájaros hizo su nido en un árbol retorcido cercano a mi casa. Lo confeccionaron con hilas de yuca, y dejaron una pequeña abertura por la parte superior, colgándolo luego de una rama como si fuera una bolsa. La madre puso un par de huevos con pintitas, y ella y el padre se turnaban en la incubación. Cuando nacieron los pajaritos puse conchas de abalones bajo el árbol, y la madre dio la carne de ese molusco a sus hijitos.

Los nuevos pajaritos del nido no eran como su madre o su padre. Tenían, por el contrario, las incipientes plumas de color gris, y resultaban feos de verdad, pero, de todos modos, los tomé del nido y los puse en una pequeña jaula que fabriqué con cañas. Así, cuando al terminar la primavera todas las aves —excepto los cuervos— abandonaron mi isla, yo tenía un par de amiguitos para que me hicieran compañía.

Pronto empezaron a nacerles plumas tan bellas como las de sus padres, y emitieron el mismo piar, una especie de «ríip, ríip». Pero era un canto suave y claro, mucho más agradable al oído que los chillidos de las gaviotas, los graznidos de los cuervos, o el charloteo de los pelícanos, que siempre parece una animada disputa entre ancianos desdentados.

Antes del verano, la jaula resultaba ya demasiado pequeña para mis pájaros, pero en vez de agrandarla o hacer otra, corté los extremos de sus alas, una a cada uno tan sólo —para que no se me escaparan volando— y los dejé sueltos por el cercado. Cuando volvieron a crecerles las plumas necesarias para el vuelo ya habían aprendido a comer de mi mano. Saltaban contentos desde el techo del cobertizo, y se me subían al brazo pidiendo la comida con su continuo «ríip, ríip».

Volví a despojarles del plumaje preciso. Esta vez los dejé en entera libertad, hasta el extremo de que se le subían encima a *Rontu*, quien ya se había acostumbrado a su presencia y no parecía alterarse por ello. La siguiente vez que les crecieron las alas ya no se las corté, pero nunca volaron más allá del barranco, y siempre regresaban a casa para dormir o, sin que importase lo mucho que ya hubieran consumido, para pedir más alimento.

A uno de ellos —el mayor— le puse por nombre *Tainor*. Era el nombre de un joven de mi tribu que me agradaba especialmente, y que murió luchando con los aleutianos. Al otro le llamé *Laurai*, que es como me hubiese gustado llamarme, en vez de Karana como me pusieron mis padres.

Mientras me dedicaba a domesticar a los pájaros fui tejiendo una nueva falda, también de fibra de yuca, que ablandaba humedeciéndola, y luego entrecruzaba formando fibras retorcidas.

La confeccioné lo mismo que las otras, con pliegues en redondo todo alrededor de mi cuerpo. Estaba abierta por ambos lados y me llegaba a las rodillas. El cinturón lo hice con piel de foca que ataba con un nudo por delante. También me fabriqué un par de sandalias para andar por encima de las dunas cuando el sol era muy fuerte, o, simplemente, para vestir bien cuando llevase mi falda de yuca.

A menudo me colocaba la falda y las sandalias para pasear por el borde del acantilado en compañía de *Rontu*. Algunas veces agregaba a mi atavío una corona de flores que prendía del cabello. Cuando los aleutianos mataron a nuestros hombres en la Caleta del Coral, todas las mujeres de la tribu se cortaron mucho el pelo en señal de duelo. También yo me lo dejé entonces muy corto, recogido en una especie de coleta, pero ahora lo llevaba nuevamente tan largo que me llegaba al pecho. Me peinaba con una raya en medio, echando cada parte a un lado y detrás; excepto, naturalmente, cuando llevaba una corona de flores. En tales ocasiones solemnes me peinaba con dos trenzas que sujetaba con largos agujones de hueso de ballena.

También confeccioné una corona para el cuello de *Rontu*, la cual por cierto no le gustaba al perro lo que se dice nada. Íbamos juntos paseando por lo alto del farallón y mirando el mar. Aunque el barco de los hombres blancos no volvió, esa primavera fue para nosotros una época feliz. El aire olía a flores, y cantaban los pájaros por doquier.

Capítulo 18

Habíamos entrado de nuevo en el período veraniego y aún seguía sin tener ocasión de alancear el pulpo gigante que vivía cerca de la caverna.

Cada día, durante toda la época primaveral, fuimos *Rontu* y yo a inspeccionar su refugio. Metía la canoa en el agua y remaba suavemente a través de la abertura, llegando de una entrada a otra muchas veces. Vi muchos pulpos en esa oquedad, pero nunca pude contemplar de nuevo las evoluciones del gigantesco de la primera visita a la caverna.

Al fin me cansé de buscarlo y empecé la recolección de abalones para el invierno. Los de concha roja tienen la carne más sabrosa, y resultan también los más apropiados para ponerlos a secar, aunque los verdes y negros son buenos también. Claro que como los rojos son exquisitos, las estrellas de mar se lanzan con voracidad a comérselos todos.

Esa extraña criatura, la estrella de mar, se coloca bien agarrada encima de la concha de un abalone. Apoya sus cinco tentáculos —extendidos hasta el límite— contra la roca en que se ha sujetado el molusco, atrapa a éste con sus ventosas, y comienza a encabritarse. A veces tira de la concha del abalone durante días, sin soltar un instante sus ventosas, hasta que, poco a poco, la pesadísima concha del molusco se desprende del cuerpo del mismo.

Una mañana salimos de la cueva del pulpo y nos acercamos al arrecife que está inmediato a ella, bogando yo suavemente en la canoa mientras *Rontu* miraba.

Durante muchos días había estado recogiendo mariscos, a la sazón no demasiado abundantes, entre las rocas de la Caleta del Coral, sin dejar de inspeccionar el arrecife esperando el momento apropiado para mi propósito. Ese instante es cuando hay pocas estrellas de mar pegadas a la concha de sus respectivos abalones, porque resultan tan difíciles de separar como éstos de la roca.

La marea estaba baja, y el arrecife sobresalía más que de costumbre. A cada lado podían verse multitud de abalones rojos, y apenas unas cuantas estrellas de mar, así que antes de llegar el sol a su recorrido más alto ya había yo llenado el fondo de la canoa con abalones.

Aquel día no soplaba el menor viento, y teniendo ya cuantos moluscos podía desear, até la canoa —Rontu me seguía de cerca— y trepé al arrecife para alancear algún pez que nos sirviera de cena.

Los delfines azules jugueteaban al otro lado de los bancos de algas. En su sitio favorito estaban las nutrias dedicándose a las diversiones de siempre, de las que nunca parecen cansarse. Alrededor de nosotros, por todas partes, intentaban las gaviotas pescar mejillones, que eran especialmente abundantes ese verano. Suelen crecer enredados en las algas que flotan bastante cerca de la superficie de las aguas, y su peso —al ser tantos— hacía que parte del banco de algas estuviera entre la superficie y el fondo de esa zona. Con todo, su abundancia permitía que algunos quedasen al alcance de las gaviotas. Éstas los tomaban con el pico, remontaban el vuelo y, desde cierta altura, los estrellaban contra el arrecife para después abalanzarse veloces a por los trozos de carne que quedaban al descubierto.

Los mejillones caían sobre el arrecife como una especie de extraña lluvia, lo cual me divertía mucho, aunque no así a Rontu, quien no podía comprender lo que las gaviotas se proponían con aquel tejemaneje. Andando con mil dificultades fui hasta el extremo del arrecife, donde suelen vivir los peces más grandes. Con una cuerda de algas y un anzuelo hecho con un pedazo de concha de abalone, logré pescar un par de buenos ejemplares. Tenían una cabeza enorme y muchísimos dientes, pero eran de sabroso gusto. Di uno a Rontu y de regreso a la canoa cogí varios erizos de mar de color púrpura, que son útiles para teñir las prendas.

Rontu iba delante de mí a buen paso. De pronto dejó caer el pez y se quedó mirando hacia el fondo del agua, inclinado en el borde de la roca. Allí mismo, moviéndose en suave balanceo, estaba el pulpo. El que llevaba tanto tiempo buscando. ¡El gigante!

Era raro poder ver a los pulpos en aquella zona. Son animales que gustan del agua profunda, y por esa zona del arrecife el fondo estaba próximo a la superficie. Quizás el gigante viviera en la cueva, y sólo se acercaba a esa área cuando era incapaz de hallar su alimento en otra cualquiera.

El pulpo no se había movido. Estaba flotando casi en la superficie, y podía ver perfectamente sus impresionantes ojos. Eran del tamaño de unas piedras pequeñas, y le salían de la cabeza, con negras pestañas y centros dorados. En el centro de cada ojo, una mancha negra. Me recordaban los de un fantasma que vi cierta noche en que llovía a cántaros y el relámpago culebreaba insistente por los cielos.

Debajo de donde tenía apoyadas las manos había una profunda hendidura en la roca, y en ella se ocultaba un pez de su enemigo el pulpo.

Rontu no había emitido sonidos de ninguna clase. Preparé la punta del venablo, y até el palo del mismo a mi muñeca. Luego me coloqué en el borde del arrecife, lo más cerca que pude del agua.

El gigantesco pulpo estaba aún un poco lejos para alancearlo, pero mientras miraba sus movimientos, uno de los largos tentáculos se adelantó y, metiéndose por la resquebrajadura de la roca, empezó a tantear allí dentro. El tentáculo del pulpo siguió su camino pasando junto al pez que había escogido como víctima. Luego se retorció por el extremo. Cuando el tentáculo del pulpo hubo enrollado al pez, me puse con una rodilla en la roca y la otra levantada, y preparé la lanza.

Apuntaba a la cabeza del gigante. Al tirar el venablo con fuerte impulso, y aun siendo el blanco que ofrecía mayor que los dos peces grandes que había capturado poco antes, fallé el golpe. La lanza se hundió en el agua y rebotó a continuación. Instantáneamente una espesa nube negra rodeó al pulpo. Lo único que podía ver de él era su largo tentáculo, enrollado aún en torno a su víctima.

Salté poniéndome de pie para tirar de la lanza, pensando

que bien podía tener la oportunidad de arrojarla de nuevo. Al hacerlo me di cuenta de que la aguda punta se había soltado y solo emergía ahora el palo.

En el instante en que esto ocurrió empezó a tensarse la cuerda que sujetaba el arma a mi muñeca. Se me desprendió el palo de la mano y comprendí que había acertado en alguna parte del cuerpo al pulpo gigante. A toda prisa solté el cabo de cuerda que tenía en la mano, porque cuando se desliza a toda velocidad, teniéndola agarrada, te quema la mano o se engancha.

El pulpo no avanza por las aguas como otros animales marinos, gracias a sus aletas o cola. Absorbe agua por un agujero que tiene en la parte anterior del cuerpo, y la proyecta hacia atrás, dándole salida por dos hendiduras de su parte posterior. Cuando nada despacio pueden verse dos columnas de agua que salen con fuerza hacia atrás. Si va deprisa es imposible verlas: lo único que se puede percibir es un rastro en el agua.

El trozo de cuerda que había dejado caer en la roca daba saltos y zumbaba conforme se iba desenrollando a toda velocidad. Luego desapareció en el agua. En el acto sentí una fuerte presión en la muñeca, y a fin de aminorarla salté de la roca, acercándome a la dirección que el pulpo había tomado al desaparecer. Asegurando la cuerda con ambas manos —pero sujeta aún al brazo— apoyé con fuerza los pies en un resalte de la roca y me eché algo hacia atrás.

La cuerda estaba tensa con el gran peso del pulpo. Empecé a recogerla. Temiendo que se rompiera fui dando pasos hacia delante, si bien luchando ferozmente mientras cedía terreno.

Estaba moviéndose hacia la cueva, deslizándose a lo largo del arrecife. La caverna donde tenía su guarida habitual estaba aún a cierta distancia. Si se metía en ella perdería mi presa. Tenía la canoa atada justo enfrente de mí. Una vez en la canoa ya podía dejarle que tirara hasta agotarse. Lo difícil era soltar los amarres de la embarcación sin dejar de aguantar la tensión, con una mano ocupada en sujetar al pulpo.

Durante todo ese tiempo *Rontu* iba de aquí para allá en el arrecife, aullando y dando saltos en torno a mí, lo cual aún hacía más penosa mi lucha con el gigante.

Paso a paso me fui acercando, hasta que el pulpo se hundió en las aguas más profundas inmediatas a su caverna. Estaba tan próximo al agujero que uve que detenerme, incluso a riesgo de que se rompiera la cuerda y desapareciese el pulpo definitivamente. Me detuve, pues, y sujeté con todas mis fuerzas. La cuerda se tensó en extremo, originando sus subidas y bajadas espasmódicas un ligerísimo oleaje. Podía oír el ruido del movimiento que hacía, y no dudaba ni un momento de que acabaría rompiéndose. No sentí cómo me cortaba las manos, aunque desde luego empezaron a sangrarme.

La tensión se aflojó repentinamente y me convencí de que se había roto, pero al momento siguiente la cuerda cortaba el agua en amplio círculo. El pulpo nadaba, fuera de la caverna y el arrecife, hacia algunas rocas que estaban al doble de distancia de la que podía cubrir mi cuerda. Allí se encontraría en lugar seguro, pues había muchos sitios donde esconderse.

Recogí parte de la cuerda conforme el pulpo se movía hacia las rocas, pero pronto hube de dejarla ir de nuevo. Volvió a tensarse, y volví a recogerla. En esa zona el agua me llegaba un poco por encima del pecho, y salté al fondo desde el arrecife.

No lejos de las rocas se extendía un banco de arena. Andando cuidadosamente por el fondo, que estaba lleno de agujeros, fui dándole la vuelta poco a poco. *Rontu* nadaba junto a mí.

Alcancé el banco de arena antes de que el pulpo pudiera ocultarse entre las rocas. Se tensó de nuevo la cuerda, y una vez más salió el pulpo nadando hacia la caverna. Repitió la operación y en cada momento pude halar cuerda. A la tercera ocasión en que apareció en aguas menos profundas fui retrocediendo por el banco de arena procurando que no me viera, y tiré de la cuerda con todas mis fuerzas.

El pulpo apareció en la arena. Estaba con todos sus tentáculos extendidos, parte de ellos en el agua todavía, y daba la impresión de estar muerto. Después percibí el movimiento de sus ojos. Antes de que pudiera gritar advirtiéndole del peligro, *Rontu* se precipitó hacia delante y cogió con los dientes el cuerpo del gigantesco animal, que era demasiado pesado para alzarlo o moverlo siquiera. Cuando las mandíbulas del perro buscaban asirse en una nueva presa, tres de los tentáculos del pulpo se cerraron en torno al cuello de *Rontu*.

Los pulpos son peligrosos únicamente dentro del agua, cuando pueden enroscársele a uno alrededor del cuerpo con sus inacabables brazos. Sus tentáculos tienen filas completas de ventosas, y pueden arrastrar a cualquiera hacia las profundidades, hasta ahogarlo. De todos modos, incluso en tierra, el pulpo puede dañar a una persona, porque es fuerte y no muere así como así.

El gigante azotaba ahora el agua con sus tentáculos, intentando retroceder a los abismos. Poco a poco conseguía ir arrastrando a *Rontu* consigo. Por mi parte, la cuerda que sujetaba la punta de la flecha ya no me servía de nada por haberse enrollado a las patas del perro.

El cuchillo de hueso de ballena que usaba para soltar los abalones de la roca y abrirlos, pendía de una cuerda arrollada a mi cintura. La hoja era de buen tamaño pero aún así no le faltaba filo. Dejé caer la cuerda que sujetaba al pulpo, y empuñé el cuchillo mientras corría hacia el gigante.

Me coloqué detrás del pulpo, entre éste y la zona de aguas profundas.

Tantos eran sus tentáculos, y tal la agitación de los mismos, que de nada iba a servir intentar cortar alguno. Se me enroscó un brazo del monstruo a la pierna, y el impacto fue como el de un latigazo: ardiente y doloroso. Otro tentáculo, que *Rontu* había arrancado al pulpo, se contorsionaba aún al borde del agua como si buscara una presa a la que enroscarse.

La cabeza del pulpo sobresalía de la maraña de sus tentáculos y parecía que estuviera hincada en un poste. Sus ojos dorados, de negras pestañas, no dejaban de mirarme. Por encima del chapoteo del oleaje, y de los ladridos estridentes de *Rontu*, podía oírse perfectamente el entrechocar de ambas porciones del pico del monstruo, que era más afilado que mi propio cuchillo.

Hundí a fondo éste en su corpachón informe, y en ese mismo instante me pareció que quedaba cubierta de feroces sanguijuelas, chupando al propio tiempo por muchos puntos de mi piel. Por fortuna, me quedaba una mano libre, y con ella empujé y empujé el arma hasta lo profundo del pulpo. Las ventosas que tenía pegadas a la piel me dolían terriblemente, pero, poco a poco, fue cediendo su presión. Los tentáculos hicieron más lento su movimiento, y al cabo se desplomaron inmóviles.

Intenté arrastrar al gigante fuera del agua, pero estaba tan débil que no podía moverlo. Ni siquiera fui en busca de la canoa, amarrada en el arrecife, aunque sí recuperé la punta de la lanza que tanto trabajo me costó fabricar y encontrar, y la cuerda que la sujetó mucho rato a mi muñeca.

Era ya de noche cuando *Rontu* y yo entramos en el cobertizo.

El perro tenía un gran chirlo en la parte del morro, debido al pico del pulpo, y yo estaba llena de cortes, moraduras y escoceduras.

Aquel verano vi dos pulpos gigantes más a lo largo del arrecife, pero dejé que siguieran su camino sin intentar alancearlos o atacarlos.

Capítulo 19

Después de mi lucha con el pulpo recogí dos canoas llenas de abalones en viajes sucesivos. La mayoría de los abalones eran de concha roja, de la mejor clase. Los limpié y los almacené en casa. A lo largo de la parte sur de la valla, donde daba el sol más rato al día, construí con ramaje una especie de apoyos o estantes para poner la carne de los moluscos a secar.

Los abalones frescos son mayores que la mano humana, y de grosor más que el doble de la misma, pero al secarse se encogen extraordinariamente; así que se necesitan muchos para tener bastante comida.

En los viejos tiempos la gente de la isla usaba los servicios de muchos niños para vigilar la zona en que se habían puesto a secar los abalones. De esa manera se mantenía alejadas a las gaviotas, que gustan de tales moluscos más que de cualquier otra cosa en el mundo. A no ser por los chiquillos, las gaviotas hubiesen despachado en una sola mañana tantos abalones como la tribu podía recoger en un mes.

Al principio, cuando salía a por agua al manantial, o a la playa para pescar, dejaba en la cabaña a *Rontu* a fin de espantar a los pájaros, pero al perro no le gustaba nada la tarea de guardián, y no paraba de ladrar un solo instante. Al cabo se me ocurrió atar unas cuerdas de poste a poste, y colgar en ellas conchas del molusco. La parte interior de las mismas es brillante, y reflejaban el sol en mil destellos, meciéndose suavemente en el aire. A partir de mi idea poco hube de preocuparme de los ataques de las gaviotas en busca de abalones.

También pesqué numerosos peces con una red que preparé al efecto, y luego los colgué de la cola para tener con qué alumbrarme en invierno. Con toda esa carne secándose al aire, y las conchas lanzando destellos al viento, así como filas y filas de peces colgando de la cerca, mi cabaña parecía una residencia de toda la tribu, en vez de, como era en realidad, únicamente mi vivienda y la de *Rontu* en aquel promontorio.

Una vez tuve provisiones suficientes para el invierno, el perro y yo solíamos bajar cada mañana a la orilla del mar. A finales del verano me dediqué una temporada a recoger —para un posterior almacenamiento— semillas y raíces por toda la isla, y en los primeros días de esta labor *Rontu* venía conmigo a la playa donde vivían los elefantes marinos, a la Cueva Negra que era aún más amplia que la primera que visité por dentro, o a la Roca Grande, donde solían incubar los cormoranes.

La Roca Grande estaba a más de una legua de la isla, y era negra y brillante, con un brillo trémulo, debido justamente a estar por entero cubierta de cormoranes. La primera vez que fui allí maté diez de esos grandes pájaros, y después los desollé, guardando la piel con sus plumas, puesto todo a secar, porque algún día quería hacerme una falda con el bello plumaje de dichas aves.

En cuanto a la llamada Cueva Negra, se encontraba al sur de la isla, cerca del sitio en el que se almacenaron las canoas de toda la tribu. Frente a ella existía un valladar de altas rocas, rodeadas por profundos bancos de algas, y hubiera cruzado por delante de la abertura de acceso a la caverna sin verla de no coincidir con que a mi paso salió volando de su interior un halcón de mar. El sol estaba en el oeste, y tenía aún que recorrer un largo trayecto hasta arribar a las cercanías de mi cabaña, pero despertó mi curiosidad ver a esa ave, y quise conocer el sitio donde vivía.

La abertura de entrada a la caverna era pequeña, como la de la cueva que había bajo el promontorio, y tanto *Rontu* como yo tuvimos que agacharnos para penetrar en su interior. Se filtraba allí una débil luz, y pude contemplar una gran sala con paredes negras y relucientes que se curvaban hacia arriba. En el extremo opuesto al que nos encontrábamos se abría otro agujero no muy grande. Correspondía a un túnel oscuro y largo, pero al atravesarlo llegamos a otra habitación más alargada que la primera, y con una luz difusa también, que era de origen solar desde luego, y provenía de una brecha en el techo de la segunda sala.

Al contemplar el débil resplandor y las sombras que el oleaje producía en las paredes, así como las originadas por ambos al movernos, *Rontu* empezó a ladrar. El sonido de sus ladridos despertó ecos por toda la caverna y parecía que era la manada completa de perros salvajes la que lo originaba. Sentí un escalofrío recorrerme el espinazo.

—¡Silencio! —le ordené, tapándole el hocico con la mano. Mi orden repercutió nuevamente de pared en pared.

Hice dar la vuelta a la canoa y empecé a remar buscando la salida. En el muro que estaba agujereado por el orificio de acceso a las cavernas comunicadas entre sí, de uno a otro lado, había un resalte de la roca en el cual mi vista, que casualmente recorrió la zona, tropezó con una fila de extrañas figuras. Puede que fueran incluso dos docenas, puestas en pie y de espaldas a la negra pared. Eran tan altas como yo, con grandes brazos y piernas, y cuerpos más cortos de lo normal, hechas de caña entrelazada y recubiertas con plumas de gaviota. Cada una de ellas tenía unos ojos hechos con discos oblongos de concha de abalone, pero sin más facciones que ésas en toda la cara. Los ojos centelleaban débilmente mirándome, devolviendo los cambiantes reflejos del agua al moverse allá abajo. Daba la sensación de unos ojos más vivaces que los de los mismos seres humanos.

En mitad del grupo de extrañas figuras había otra sentada: un esqueleto. Apoyaba la espalda en la pared, y sus rodillas estaban apuntando hacia arriba. Entre los huesos de las manos sostenía una flauta hecha con un hueso de pelícano, que por un extremo descansaba en lo que fue la boca.

Había más cosas en aquella cornisa, entre las sombras, junto a las figuras descritas, pero como entretanto la canoa se había ido un poco hacia atrás, de nuevo hacia el interior de la gran sala, volví a remar buscando la salida. Quedé sorprendida al comprobar que ahora la abertura era todavía más pequeña: se me había olvidado el juego de las mareas. Ya no me era posible atravesarla con la canoa. Tendría que permanecer en la gran habitación hasta la aurora, cuando se invertían las mareas.

Remé hasta el extremo más apartado de la abertura que llegaba al exterior. No quería mirar de nuevo los ojos centelleantes de las figuras que me contemplaban desde la cornisa. Me hice un ovillo en el fondo de la canoa, y estuve observando cómo, paulati-namente, la abertura de comunicación con el mar se iba empequeñeciendo hasta desaparecer. Llegó la noche y apareció una estrella justo encima del agujero que se abría en el techo de la caverna.

Aquella estrella desapareció, siendo sustituida al poco tiempo por otra. La marea iba haciendo subir la canoa a lo largo del muro rezumante, y tenía la sensación de que el chapoteo del oleaje contra las paredes del recinto era como una especie de música. Muchas fueron las melodías que me pareció escuchar a la inexistente flauta, con el resultado de que esa noche dormí poquísimo, dedicándome en cambio a contemplar el desfile de estrellas por la abertura del techo. Sabía que el esqueleto en cuclillas que estaba en el resalte del muro, encima de la abertura, era uno de mis antepasados, y los otros, aun no siendo más que muñecos de tejido vegetal, representaban asimismo a antiguos miembros de nuestra tribu. Pero ni siquiera el conocimiento de lo que la extraña procesión inmóvil representaba, pudo calmarme lo bastante como para quitarme el miedo, y poder dormir tranquila un rato seguido.

A las primeras luces del alba, coincidiendo con la retirada de la marea, empujé a golpe de remo la canoa y Rontu y yo salimos al exterior. No quise mirar —cuando pasaba por debajo del grupo— a las figuras de mis antepasados; ni siquiera a la del que tocaba la flauta eternamente. Remé con todas mis fuerzas para abandonar el lugar. Una vez fuera no volví la vista atrás.

—Supongo que esta cueva tuvo alguna vez un nombre —le dije a Rontu, quien estaba tan contento de haberla abandonado como yo misma—. Pero nunca lo he oído, ni tampoco que hablaran de ella los de la tribu. Nosotros la llamaremos Caverna Negra, y nunca, en toda la vida, volveremos a visitarla.

Cuando regresamos de nuestro viaje a la Roca Grande oculté la canoa en la cueva que estaba debajo del promontorio. Suponía un gran esfuerzo por mi parte, pero cada vez que volvía de un viaje con la embarcación la sacaba del agua y procuraba dejarla en lugar seguro. Y lo hacía aun estando cierta de tener que usarla al día siguiente, por ejemplo.

Dos veranos habían pasado ya y los aleutianos seguían sin aparecer, aunque lo cierto es que yo los estuve esperando. Al amanecer, cuando *Rontu* bajaba conmigo del acantilado, nos quedábamos en la playa vigilando el océano para ver si había alguna vela en esa inmensa extensión. El aire veraniego era claro y desde nuestro puesto de observación se cubrían muchas leguas. Dondequiera que fuese con mi canoa, nunca me alejaba más de media jornada de la isla. Al regresar a casa siempre procuraba ir pegada a la orilla, inspeccionando las costas de la isla.

Los aleutianos se presentaron la última vez que hice un viaje hasta la Roca Grande.

Acababa de esconder mi canoa, y subí por el acantilado con las diez pieles de cormorán colgadas a la espalda. En la cumbre permanecí un rato vigilando el mar. Había algunas nubecillas flotando bajas, casi a ras del agua. Una de ellas, la más pequeña, no era como las demás, y al observarla con detenimiento comprendí que era un barco.

El sol se reflejaba con brillo especial en las aguas, pero con todo yo podía ver claramente. El objeto citado tenía dos velas, y era desde luego un navío que bogaba rumbo a mi isla. Me pregunté si resultaría ser el de los hombres blancos, aunque realmente en los últimos tiempos había pensado poco en ellos, y rara vez inspeccionaba el mar esperando verlos llegar.

Dejé las pieles de cormorán colgando de la cerca y me llegué al extremo rocoso del promontorio. Sin embargo, desde la roca no mejoraba mi campo de visión, porque el sol estaba ya bajo y los reflejos sobre la superficie de las aguas eran muy agudos. Luego, estando aún en ese sitio, recordé que el barco del hombre blanco vendría del este. El que se acercaba era un buque que llegaba desde otra dirección: desde el norte.

De todas formas, y pese a que seguía sin tener absoluta certeza de que el barco fuera de los aleutianos, decidí preparar todo cuanto, de confirmarse mis sospechas, tendría que llevar conmigo a la cueva del barranco. No era poco mi equipo: los dos pájaros amaestrados, la falda de yuca, utensilios de cocina hechos con piedras, mis collares y pendientes, las plumas de cormorán y el conjunto de armas, cestos y vasijas de que disponía. Los abalones no estaban lo bastante secos, de modo que debía dejarlos por fuerza en el cobertizo.

Cuando lo tuve todo listo, junto al agujero que atravesaba por debajo de la valla, regresé al promontorio. Me tumbé en la roca para que nadie me distinguiera desde el barco, y miré hacia el norte. Durante algunos momentos no pude ver el barco, y entonces me di cuenta de que navegaba a mayor velocidad de la que había pensado. Ya estaba contorneando el banco de algas, inmediato a la Caleta del Coral. Los últimos rayos del sol iluminaban el bauprés, que tenía forma de pico de pájaro, y las velas: dos, de color rojo.

Sabía que los aleutianos no se atreverían a desembarcar una vez oscurecido, y en consecuencia, tenía hasta la aurora para llevar mis cosas a la cueva donde pensaba refugiarme, pero preferí no esperar más. Estuve ajetreada la mayor parte de la noche, haciendo en conjunto dos viajes hasta la caverna. Al alba, cuando ya tenía todo en sitio seguro, volví a casa por última vez. Enterré las cenizas de la fogata que solía arder de continuo, y eché puñados de arena sobre los huecos de la roca que me servían de estantes, alisando también el suelo. Quité de los postes las conchas de abalone que había puesto para espantar a los pájaros, y las tiré, junto con la carne que tenía a secar, al otro lado del farallón. Por último, y mediante la pluma de un pelícano, borré absolutamente todas las huellas de mis pisadas. Al acabar la tarea parecía en verdad que el cobertizo y el recinto dentro de la cerca estuviesen deshabitados desde hacía largo tiempo.

Para entonces el sol ya estaba alto en el horizonte. Trepé a la roca. El barco de los aleutianos oscilaba anclado en la caleta. Unas cuantas canoas llevaban mercancías a la orilla, cosas varias, en tanto otras se habían internado en el mar, a la altura de los bancos de algas, y sin pérdida de tiempo cazaban ya la nutria marina. Ardía una hoguera en la playa. Junto al fuego guisaba algo una chica, y podía apreciar el reflejo que en su cabellera proyectaba la fogata.

No me entretuve demasiado en el promontorio. Siempre había procurado —durante los últimos tiempos— ir cada vez al barranco por un sitio distinto, al objeto de no dejar marcado ningún rastro en aquellos contornos. Esta vez fui hacia el oeste, a lo largo del acantilado, y luego cambié de rumbo atravesando espesos matorrales, procurando en todo momento no dejar huellas visibles. Las que *Rontu* pudiera marcar no tenían importancia, porque los aleutianos conocían la existencia de perros en la isla.

La cueva estaba muy oscura y me costó algún trabajo introducir a *Rontu*. Únicamente después de haberle demostrado —entrando y saliendo por el pequeño agujero repetidas veces— que no había peligro, se decidió a seguirme. Cerré la abertura con piedras y, dado mi cansancio, me eché a dormir. Estuve en un sueño continuo toda aquella jornada. Al despertar, las estrellas me enviaban su fulgor a través de las resquebrajaduras de la roca, y me entretuve contemplándolas allá arriba.

Capítulo 20

No me llevé a *Rontu* al salir de la cueva aquella noche. Y además tomé la precaución de cerrar la abertura de entrada de manera que no me siguiera, porque si los aleutianos habían traído consigo a sus perros, el mío seguramente llegaría a olerlos. Atravesé despacio los matorrales hasta llegar al promontorio.

Antes de haber subido hasta la cúspide de la alta roca ya podía ver el resplandor de las hogueras encendidas por los aleutianos. Habían establecido su campamento en la meseta, junto al manantial, exactamente donde ya estuvieron la otra vez. A menos de media legua de mi escondite.

Me quedé allí largo tiempo contemplando las fogatas, y preguntándome si no sería más prudente trasladarme al otro extremo de la isla, quizás a la caverna que había sido guarida de los perros salvajes. No es que tuviera miedo de ser descubierta por los hombres de la expedición, porque éstos se encontraban demasiado ocupados durante el día, bien cazando con sus canoas, bien despellejando las nutrias y realizando labores de ese estilo en la playa. Quien más me preocupaba era la chica. El barranco estaba cubierto de un espeso matorral, a través del cual era difícil pasar, pero lo cierto es que en aquella zona crecían semillas y raíces muy útiles. Algunas veces, cuando ella salía en busca de alimentos, cabía la posibilidad de que se acercara hasta la zona del manantial y viera que alguien lo utilizaba, siguiendo después mis huellas hasta la cueva.

Continué escondida en el promontorio hasta que las hogueras de los aleutianos se apagaron. No cesaba de pensar en todo lo que podía hacer, en los distintos sitios de la isla en que podía arreglarme un refugio. Al cabo decidí quedarme en el barranco. El extremo más alejado al campamento aleutiano carecía de agua, y además, si me trasladaba allí no tendría sitio —pese a necesitarlo— para esconder la canoa.

Regresé a la cueva y no volví a salir de ella hasta la luna llena, cuando ya tenía pocos víveres. *Rontu* y yo subimos al promontorio, y al pasar por delante del cobertizo observé que faltaban tres costillas de ballena de las que componían la cerca. Sin embargo, nadie merodeaba por los alrededores puesto que *Rontu* siguió callado. Esperé hasta que la marea bajó —muy cerca ya de la aurora— y llené un cesto de abalones y agua del mar. Antes de que se hiciera de día estábamos el perro y yo otra vez escondidos en la caverna.

El agua del mar sirvió para mantener frescos los mariscos, pero a la vez siguiente en que intenté una salida nocturna no pude llegar hasta el arrecife porque la oscuridad era total, y tuve que contentarme con recoger unas cuantas raíces. No me daba tiempo, de todos modos, a recoger muchas antes de que saliera el sol; así que tuve que hacerlo por la mañana temprano hasta el siguiente cambio de luna.

A partir de ese momento volví al arrecife a por abalones. Durante todas aquellas jornadas no vi a ningún aleutiano. Tampoco se acercó la chica por las inmediaciones de la caverna, aunque encontré sus huellas al comienzo del barranco, zona en la que estuvo buscando raíces. Esta vez los cazadores aleutianos no habían traído perro alguno, lo cual fue muy afortunado porque de haberlos llevado a la isla no hubiesen tardado en identificar las huellas de *Rontu*, siguiendo al perro hasta nuestra cueva.

El día se nos hacía interminable tanto a *Rontu* como a mí. Al principio, el perro recorría sin cesar todo el recinto de la cueva, y se acercaba a la abertura que daba al exterior olisqueando por las hendiduras. En ningún momento le permití que saliera solo, por temor a que se acercase al campamento de los cazadores y no volviera más. Tras unas cuantas jornadas se acostumbró a su encierro y estaba todo el día tumbado en el suelo, inspeccionando atento cuanto yo hacía.

Dentro de la caverna la oscuridad era casi completa, incluso cuando el sol estaba alto en el exterior, de manera que encendí uno tras otro los peces que había guardado para que me dieran

luz. Todos los días trabajaba un poco en la falda que pensaba hacerme con plumas de cormorán. Las diez pieles que conseguí en la Roca Grande estaban ya secas y listas para ser cosidas. Todas ellas eran de cormorán macho, cuyas plumas son mucho más espesas que las de la hembra, y además, de colorido muy agradable. Si la falda de yuca había resultado sencillísima de confeccionar, ésta que ahora hacía con pieles y plumas de cormorán podía resultar mucho más bonita, de modo que corté y cosí el material a mi disposición con exquisito cuidado.

Empecé a confeccionar la falda por la parte de abajo, poniendo las pieles unidas por las puntas, y utilizando tres de ellas para todo el ruedo de la prenda. Luego, fui progresivamente añadiendo pieles, procurando que al terminarla las plumas quedasen, de arriba abajo, formando dibujos.

Era en verdad una falda hermosísima, y la terminé a comienzos de la segunda luna. Ya había consumido todos los peces que hacía arder para iluminar la cueva, y como no podía bajar a la playa por culpa de los aleutianos, saqué la falda al exterior para terminarla trabajando a la luz del día. Había visto por dos veces huellas en el barranco, pero no más cercanas a la caverna que antes. Empezaba a sentir cierta sensación de seguridad, porque no tardarían en presentarse las primeras tormentas del invierno, y eso suponía que los cazadores de nutrias se irían de la isla. Calculé que su estancia ya no podría durar más de una luna.

Nunca había visto la falda a la luz del sol; era negra a la primera impresión, pero luego se observaban colores verde y dorado debajo, y todo el plumaje espejeaba y lanzaba reflejos como si estuviera ardiendo. Fui cosiendo ahora con mayor rapidez, por-

que, además, casi la tenía acabada, y de vez en cuando me paraba para colocarme la falda alrededor de la cintura.

—Rontu —le dije embrigada de felicidad—, si no fueras un perro macho te haría otra tan bonita como ésta.

El perro, que estaba perezosamente tumbado a la entrada de la cueva, levantó la cabeza, bostezó, y continuó dormitando como si tal cosa.

Estaba de pie probándome la falda, cuando el perro se puso de pronto tieso. Oí claramente sonido de pasos. El ruido venía de la dirección en que se encontraba el manantial, y al volverme rápidamente vi a la chica que me miraba desde unos matorrales.

Tenía yo la lanza junto a la entrada de la cueva, casi al alcance de la mano. En aquel instante la muchacha no estaba a más de diez pasos de donde nos encontrábamos Rontu y yo; creo, pues, que con un solo movimiento podía haber tomado el arma, arrojándosela con fuerza. Desconozco lo que me impidió hacerlo, pues en fin de cuentas ella era un miembro de la expedición de los aleutianos que mataron a los de mi tribu en la playa de la Caleta del Coral.

Ella pronunció algunas palabras, y Rontu abandonó la entrada de la cueva marchando lentamente a su encuentro. En el trayecto el perro tenía erizado el pelo, pero cuando estuvo junto a la muchacha toleró que ésta le acariciase el cuello.

La chica me miró e hizo un movimiento con las manos, como dando a entender que Rontu le pertenecía.

—¡No! —grité, y moví la cabeza con furia. Tomé la lanza.

La muchacha empezó a girarse, y creí que iba a escapar huyendo a través del matorral. En cambio, hizo otro movimiento, dando a entender que el perro era ahora mío. No confiaba en ella, así es que continué con el venablo apoyado en el hombro, lista para tirárselo.

—Tutok —dijo, señalándose a sí misma.

No le indiqué cuál era mi nombre. Llamé a Rontu y vino enseguida a reunirse conmigo.

La chica miró al perro, me miró a mí y después sonrió francamente.

Era mayor que yo, pero no tan alta. Era de cara ancha y ojos pequeños de tono muy negro. Al sonreír vi que tenía los dientes desgastados por la costumbre de los aleutianos de masticar continuamente tendones de foca, pero en cambio el color de su dentadura era blanquísimo.

Tenía yo entre las manos todavía la falda hecha con pieles de cormorán, y la muchacha señaló a la prenda mientras pronunciaba algunas palabras. Una en particular me recordaba a la expresión que en el lenguaje de mi tribu usamos para decir que una cosa es bonita: «wintscha».

En aquellos momentos me sentía tan orgullosa de mi falda que era incapaz siquiera de pensar. Continuaba empuñando la lanza, pero con la otra mano levanté en el aire la falda para que lanzase destellos al sol.

La chica entonces salió de entre los arbustos, se me acercó, y tocó la prenda.

—Wintscha —anunció complacida.

Por mi parte, no pronuncié palabra alguna, pero estaba claro que quería tener en sus manos la falda, así que se la entregué.

Ella la colocó en torno a su cintura haciéndola oscilar a uno y otro lado. Sus ademanes eran elegantes y la falda flotaba alrededor de su cuerpo con verdadera gracia. Pero yo odiaba a los aleutianos y se la quité.

—Wintscha —afirmó de nuevo.

Hacía tanto tiempo que yo no oía el lenguaje humano que sus palabras provocaron en mí una sensación extraña. Y sin embargo, resultaban agradabilísimas de oír, aun viniendo —como era su caso— de un enemigo.

La chica pronunció más frases, de las cuales no entendí nada, pero al hablar miraba hacia la cueva por encima de mi hombro. Señaló la caverna y luego a mí, con unos gestos que parecían indicar la acción de encender fuego. Sabía lo que quería decirme, pero me hice la desentendida. La muchacha deseaba saber si vivía permanentemente en la cueva, a fin de volver con unos cuantos aleutianos y trasladarme al campamento. Moví, pues, la cabeza enérgicamente, al tiempo que con el brazo mostraba el extremo más alejado de la isla, porque no confiaba en ella.

Siguió mirando hacia la caverna, pero ya sin hablar más del

asunto. Por mi parte continué sujetando la lanza sin tirarla, aun cuando temía que pudiese volver con sus cazadores.

Tornó a acercárseme y me tocó un brazo. El contacto de su mano no me gustó. Dijo más palabras y sonrió. Luego se fue a la fuente para beber. En un instante desapareció entre los arbustos, sin el menor ruido. *Rontu* no intentó seguirla.

Retrocedí hacia el interior de la cueva y empecé aprisa a preparar mis pertenencias para salir en busca de otro refugio. Tenía aún toda la jornada para poder hacerlo, dado que los hombres trabajaban en sus cosas y no iban a regresar al campamento antes de caer la noche.

Al ponerse el sol ya estaba lista para irme. Pensaba llevar la canoa a la parte occidental de la isla. Una vez allí podía dormir en las rocas hasta que los aleutianos se marcharan, incluso yendo de un sitio a otro distinto, de ser necesario.

Trepé por el barranco llevando cinco cestas, y las oculté al lado del cobertizo que había sido mi alojamiento hasta la llegada de los cazadores de nutrias. Oscurecía rápidamente y aún tenía que ir hasta la cueva en busca de las dos que faltaban. Me arrastré con todo cuidado a través del matorral, deteniéndome justo encima de la boca de la cueva para escuchar. *Rontu* estaba quieto a mi lado, al acecho también de cualquier sonido. Nadie podía recorrer aquella zona llena de maleza sin hacer ruido, una vez puesto el sol, excepto, naturalmente, quienes hubieran vivido en la isla largo tiempo.

Llegué hasta el manantial, y regresé de nuevo a las cercanías de la cueva. Tenía la sensación de que alguien había venido hasta la caverna cuando yo me encontraba fuera. Podían estar ocultos espiándome. Quizás esperaban a que yo me metiera en la cueva.

Me encontraba tan atemorizada que no me atreví a llegarme a la caverna sino que di media vuelta. Al hacerlo observé algo que descansaba en una roca plana que me servía de apoyo para introducirme por el agujero de entrada. Era un collar de piedrecitas negruzcas, hecho con una materia que yo nunca había visto hasta entonces.

Capítulo 21

No entré en la cueva, ni tampoco quise tocar el collar de donde se encontraba. Aquella noche dormí en el promontorio, al lado de las cestas que había ocultado. Al amanecer regresé al barranco, escondiéndome en un resalte de la roca tapado por la maleza. Estaba cerca del manantial, y desde allí podía ver la entrada de la cueva.

Se levantó el sol iluminando todo el contorno. Desde donde yo me encontraba veía el collar encima de la roca plana. Las piedras parecían aún más negras a la luz del día, y había multitud de ellas. Quería bajar para contarlas para comprobar si darían una doble vuelta alrededor de mi cuello, pero lo pensé mejor y me quedé donde estaba.

Continué en mi escondrijo toda la mañana. El sol lucía en lo alto cuando *Rontu* ladró, y pude oír ruido de pasos debajo del promontorio. La chica salió de la espesura a buen paso. Iba canturreando. Llegó hasta la cueva, pero al ver el collar sobre la piedra quedó inmóvil. Tomó el collar, colocándolo enseguida otra vez en su sitio, y se asomó al interior de la caverna. Dos de mis cestos estaban aún allí dentro. Después la chica fue hasta el manantial, bebió, y se dispuso a meterse de nuevo entre la maleza.

Salté, abandonando mi escondite.

—¡Tutok! —grité mientras corría barranco abajo—. ¡Tutok!

La muchacha reapareció, surgiendo de entre los matorrales con tanta rapidez que a buen seguro se había metido allí para ocultarse mientras esperaba que yo volviese a la cueva.

Corrí a ponerme el collar, y cuando lo hube colocado en torno a mi cuello giré en distintas direcciones para que ella pudiera apreciar el efecto. Las cuentas me daban tres vueltas alrededor del cuello, y no dos como yo suponía. Eran unas piedras largas y ovaladas en vez de redondas, una forma muy difícil de hacer y que requiere mucha habilidad para conseguirla.

—Wintscha —me dijo.

—Wintscha —le contesté, sonándome muy rara aquella extraña palabra en mi boca. Luego pronuncié la que significa «bonito» en nuestro lenguaje.

—Win-tai —dijo ella, y se echó a reír porque también le sonaba raro.

Tocó el collar, indicándome cómo se decía en su lenguaje, y le expliqué cómo lo decíamos nosotros. Luego fuimos señalando otras cosas: el manantial, la caverna, una gaviota que pasaba volando en aquel momento, el sol, el cielo, *Rontu* —que estaba despierto—, intercambiando nombres sin dejar de reír, pues a cada una nos sonaba a cosa difícil el lenguaje de la otra. Nos sentamos en la roca plana que había a la entrada de la caverna, y estuvimos jugando a eso hasta que el sol se fue por el oeste. Después, Tutok se levantó con un gesto de adiós.

—Mah-nay —dijo, deteniéndose luego para escuchar mi nombre.

—Won-a-pa-lei —contesté por mi parte, lo cual, como ya he dicho, significa «La Muchacha de la Larga Cabellera Negra». No quise revelarle mi nombre secreto.

—Mah-nay, Won-a-pa-lei —repitió la chica.

—Pah-say-no, Tutok —contesté.

Me quedé mirándola cuando desaparecía entre la espesura. Seguí largo tiempo escuchando el ruido de sus pasos hasta que ya no pude oír nada, y entonces fui al promontorio para llevar los cestos otra vez a la cueva.

Tutok regresó al día siguiente. Nos sentamos al sol en la roca, entreteniéndonos con el intercambio de palabras. El sol recorrió rápidamente el cielo en esa jornada. Pronto llegó el instante en que debía marcharse mi amiga. Al otro día volvió, y fue entonces, cuando estaba a punto de irse al campamento a la caída del sol, cuando le dije mi nombre secreto.

—Karana —le informé, señalándome con un dedo.

Ella repitió la palabra, pero sin entender el significado.

—Won-a-pa-lei —insistió por su parte, arrugando el entrecejo.

Sacudí la cabeza con vigor, y volviéndome a señalar repetí:

—Karana.

Sus ojos negrísimos se dilataron de asombro. Poco a poco empezó a sonreír.

—Pah-sai-no, Karana —dijo.

Aquella noche empecé a preparar un regalo para ella como recompensa por el collar. En principio, calculaba darle un par de mis pendientes de hueso, pero recordando que sus orejas no estaban agujereadas, y que tenía todo un cesto de conchas de abalones trabajadas en forma de pequeños discos, me dispuse a fabricarle una corona para el pelo. Hice dos agujeros en cada uno de los discos, usando para ello una fuerte espina y arena. Entre ellos coloqué diez conchitas de unos minúsculos caracoles marinos, que no eran más grandes que el tamaño de una de mis uñas, y lo ligué todo con fibra vegetal.

Me costó cinco soles de trabajo aquel adorno para el cabello, y al quinto día, cuando la muchacha apareció, se lo coloqué yo misma alrededor del pelo, atándolo por detrás.

—Wintscha —dijo alegremente mientras me abrazaba.

Le gustaba tanto que me olvidé del dolor de mis dedos debido al duro trabajo de agujerear las conchas de abalones.

Tutok vino muchas veces a la cueva, hasta que un día ya no se presentó. Esperé su aparición inútilmente durante toda la jornada. Al anochecer abandoné la caverna y me fui a ocultar en el sitio donde ya lo hiciera anteriormente, dominando el barranco, temiendo que los cazadores aleutianos se hubieran enterado de mi escondite y vinieran a buscarme. Pasé la noche en aquel sitio; una noche fría, con el primer frío del invierno.

La muchacha no regresó al día siguiente, y entonces me acordé de que ya estábamos en la época en que los aleutianos debían abandonar la isla.

Quizá se hubieran ido ya. Por la tarde me acerqué al promontorio. Trepé por la roca y fui arrastrándome hasta llegar a un sitio desde el que se veía el mar. El corazón me latía desacompasadamente.

El barco de los aleutianos estaba aún anclado en la cala, pero se veían varios hombres trabajando en el puente, y las canoas iban y venían hasta la playa. El viento era muy fuerte, y sobre la arena descansaban fardos de pieles de nutria. Era lo más probable que los cazadores partieran con la aurora.

Ya de noche regresé al barranco. Como hacía frío, y no era de temer que los aleutianos pudieran encontrarme, encendí una hoguera en la cueva y me hice una sopa de mariscos y raíces. Cociné cantidad bastante para *Rontu*, para mí y para Tutok. Estaba segura de que Tutok no iba a volver, pero de todos modos dejé su ración junto al fuego y me puse a esperar.

Rontu ladró una vez y creí oír pasos. Llegué hasta la abertura de la roca, y estuve esperando, sin comer, durante un largo rato. Las nubes se movían aprisa por el cielo procedentes del norte. El viento se hizo más frío y empezó a producir extraños sonidos en el barranco. Al fin me decidí a cerrar la boca de la cueva con piedras.

Al amanecer fui al promontorio. El viento había cesado, y el mar estaba envuelto en una niebla que se acercaba a las costas de la isla en oleadas grisáceas. Estuve esperando bastante rato para inspeccionar a gusto la Caleta del Coral, hasta que finalmente el sol hizo desaparecer la niebla. La pequeña bahía estaba desierta. El barco de los aleutianos, con su bauprés en forma de pico, y sus velas rojas, había desaparecido.

Al principio, sabiendo que ahora podría abandonar la cueva y regresar a mi casa del promontorio, me puse muy contenta. Pero luego, de pie en la elevada roca y mirando a la desierta cala, al mar sin límite, empecé a pensar en Tutok. Recordaba las jornadas en que nos habíamos sentado ambas al sol. Podía escuchar de nuevo su voz, y ver sus ojos negros que casi se ocultaban al reírse de buena gana.

Rontu corría de un lado a otro del acantilado ladrando a las gaviotas que volaban sobre nosotros. Los pelícanos charloteaban sin dejar de pescar en las azules aguas mañaneras. Allá a lo lejos podía verse el vientre de un elefante marino. Pero, repentinamente, al pensar en Tutok, la isla me pareció silenciosa y como muerta.

Capítulo 22

Los cazadores aleutianos dejaron tras de sí numerosas nutrias heridas. Algunas lograban flotar y fueron a morir a la orilla. A otras las rematé con mi venablo, pues estaban en mala situación, sufriendo mucho, y sin esperanza de que viviesen. Pero encontré una cría que no había sufrido heridas irremediables.

Estaba en un banco de algas, y le hubiera pasado por encima con mi canoa de no haberme advertido *Rontu* ladrando. Tenía el animal un trozo de alga en torno al cuerpo, y pensé al principio que estaría durmiendo, pues frecuentemente, antes de ponerse a dormir, se enrollan unas cuantas algas para mantenerse en el sitio elegido sin que las corrientes marinas o las mareas puedan arrastrarlas mar adentro. Luego me di cuenta de que tenía una brecha bastante profunda en la espalda.

La nutria no intentó escapar nadando cuando me acerqué a ella, inclinándome por un lado de la canoa. Tienen unos ojos grandes, sobre todo las crías, pero ésta los tenía dilatadísimos de dolor y miedo, hasta el punto de que podía verme reflejada en ellos al inclinarme. Corté las algas que la mantenían fija, y la llevé a una oquedad de la roca, junto a las aguas del mar y en comunicación con las mismas, al otro lado del arrecife, bien protegida del oleaje.

El día había amanecido en calma tras la tempestad de la noche anterior, y pude pescar un par de peces cerca de la orilla. Tuve el mayor cuidado en mantenerlos vivos, porque las nutrias marinas no comen nada muerto, y los dejé caer en la oquedad. Eran las primeras horas del día.

Aquella tarde regresé a la oquedad. El par de pececillos había desaparecido, y la joven nutria estaba dormida, flotando sobre la espalda.

No intenté aliviar su herida con hierbas, pues el agua del mar ayuda a curar en gran medida, y las hierbas que le hubiese podido aplicar le caerían en cuanto se moviera.

En días sucesivos fui llevándole a su refugio dos peces, que ella no quería comer estando yo presente. Luego le llevé cuatro, y también desaparecieron. Finalmente seis, número al parecer justo y apropiado. Y se los dejaba en la oquedad bañada de agua del mar, tanto si la jornada era apta para la pesca como si amanecía un día tormentoso.

La cría empezó a crecer, y la herida se le iba cerrando, pero continuaba en su refugio, esperándome y tomando al aparecer yo los peces directamente de mi mano. Aquella desigualdad del terreno donde nadaba mi amiga la nutria era de fácil acceso desde el mar, y viceversa, pero el animal continuó viviendo en ella, y aguardando a que apareciera con su alimento cotidiano.

Había llegado a alcanzar ya la longitud de mi brazo, y un pelaje muy brillante y satinado. Su hocico prolongado terminaba en punta, con numerosos bigotes a cada lado, y tenía los ojos más grandes que había visto en ejemplares de su especie. Me observaba cuidadosamente mientras estaba cerca de ella, siguiéndome en todos mis gestos, y si decía algo movía sus ojos de una manera divertidísima. En cierto modo sus ojos me causaban pena, y la garganta se me cerraba, porque eran a la vez alegres y tristes.

Durante mucho tiempo la llamé simplemente «Nutria», lo mismo que al principio había llamado a *Rontu* «Perro», sin más. Luego decidí darle un nombre. Le puse *Mon-a-nee*, que en nuestra lengua significa «Muchachito de Ojos Grandes».

Era una tarea difícil intentar pescar cada día, sobre todo si el viento soplaba fuerte levantando un tremendo oleaje. Hubo un día en la que sólo pude lograr dos pececillos, y al dejarlos en su oquedad, *Mon-a-nee* los tragó ávidamente, esperando luego sin duda que le diera el resto de su ración. Cuando comprendió que era todo lo que podía conseguir, se puso a nadar en círculo, mirándome con expresión de reproche.

Al otro día las olas eran tan altas que no pude pescar en el arrecife. Ni siquiera con la marea baja. Como nada tenía que ofrecer a mi nutria no fui a verla ese día.

Pasaron tres soles antes de que pudiera pescar, y al volver a la oquedad llena de agua la nutria había desaparecido. Sabía que alguna vez tendría que marcharse, pero me sentí desgraciada al no encontrarla y al darme cuenta de que ya no tendría que pescar más para ella. Tampoco sabía si iba a conocerla en el caso de que la viera casualmente en el banco de algas, porque ahora, con la herida cerrada, habiendo crecido tanto, sería aparentemente como todas las demás.

Poco después de que los aleutianos abandonaran la isla me trasladé a vivir de nuevo al cobertizo, llevando allí todas mis pertenencias.

No había nada que estuviera estropeado, si descontamos la cerca —que arreglé pronto— y a los pocos días mi casa era la de antes. Lo único que me preocupaba era el hecho de que los abalones recogidos a lo largo de todo el verano se hubiesen perdido. Necesitaría vivir al día con lo que pudiera ir pescando, haciendo que me durase para las jornadas en que era imposible salir al mar. Durante la primera parte del invierno, antes de que *Mon-a-nee* escapara de su refugio, aquello fue realmente difícil en ciertas ocasiones. Luego ya no hubo tantos obstáculos, y *Rontu* y yo siempre tuvimos bastante comida en casa.

Mientras los aleutianos estuvieron en la isla no había oportunidad de pescar peces y secarlos, así que las noches de ese invierno transcurrieron para mí en la oscuridad. Me acostaba temprano y sólo trabajaba con la luz del día. Pero aun así, logré prepararme otra cuerda para mi lanza arrojadiza, muchos anzuelos con conchas de abalone, y, por fin, unos pendientes que hicieran juego con el collar regalo de Tutok.

Estos últimos me llevaron largo tiempo. Hube de buscar en la playa, por la mañana, cuando la marea estaba baja, antes de conseguir encontrar dos guijarros del mismo color que las piedras de mi collar y, a la vez, de una consistencia lo bastante blanda para poderlos cortar. Hacer los agujeros en los pendientes supuso aún mayor esfuerzo porque las piedras no se dejaban traspasar, pero una vez lo conseguí, y hube frotado con arena fina y agua mi obra, asegurándolos con anzuelos de hueso para que se sujetaran a mis orificios en las orejas, la verdad es que quedaron preciosos.

Los días soleados me colocaba los pendientes, el collar y la falda de plumas de cormorán, y salía a pasear a lo largo del acantilado, seguida del fiel *Rontu*.

Pensaba a menudo en Tutok, y especialmente en esos días miraba frecuentemente hacia el norte, deseando que estuviera conmigo para hablar, comunicarnos, vernos. Casi podía oír su charla en aquel extraño lenguaje, y me dedicaba a pensar en las cosas que podría contarle, y en lo que ella respondería por su parte.

Capítulo 23

V olvió la primavera a la isla. De nuevo aparecieron las flores, corrió el agua por los barrancos hacia el mar, y los pájaros se posaron por todas partes.

Tainor y *Lurai* hicieron un nido en el mismo árbol en que nacieran. Lo construyeron con algas secas y hojas, y también con pelos del lomo de *Rontu*. Cuando el perro estaba en el interior del cercado, durante la construcción del nido, ambos pájaros se lanzaban sobre el pobre animal si éste se encontraba descuidado, y tras picotearle para robar unos cuantos pelos, escapaban volando a toda prisa. La cosa no le gustaba a *Rontu* en absoluto, y finalmente desapareció del alcance de sus enemigos alados, al menos mientras éstos terminaban de fabricar el nido.

Había acertado dándole a *Lurai* nombre de chica; a poco puso unos huevecillos con pintas y, mediante cierta ayuda de su compañero, incubó dos feos polluelos, que pronto se convirtieron, sin embargo, en un par de preciosidades. Les busqué nombre y corté sus alas. En unos días se hicieron tan amigos míos como sus progenitores.

Encontré también cierto día una gaviota que había caído desde su nido a la arena. Las gaviotas anidan en lo alto de los farallones que dan sobre la playa, en los huecos de la roca. Se trata de nidos por lo general pequeñísimos, y con frecuencia me quedaba mirando a un polluelo que vacilaba al borde de su vivienda, preguntándome maravillada por qué no caía, cosa que sucedió raramente.

Aquel caído que yo encontré era blanco, con el pico amarillento, y no se había hecho mucho daño, aunque sí se rompió una patita. Lo llevé a casa y junté sus huesos con dos palitos y un trozo de tendón de foca. Durante cierto tiempo no intentó andar. Des-

133

pués, siendo tan pequeño que no sabía volar aún, empezó a corretear de manera cómica por el interior de la cerca.

Con los pajaritos nacidos de *Tainor* y *Lurai*, éstos, la gaviota blanca y *Rontu*, que me seguía por doquier pegado a mis talones, la casa parecía un sitio feliz. ¡Si al menos no me hubiera acordado más de Tutok! ¡Si no me preguntara constantemente qué sería de mi hermana Ulape! Dónde estaría a la sazón, y si las marcas que se hizo en las mejillas habrían obtenido el apetecido resultado, eran cosas que me preocupaban constantemente. Quería saber si su pintura en las mejillas habría resultado mágica, y estaba ahora casada con Kimki, siendo madre de numerosos chiquillos. ¡Bien que se hubiera reído de mí al ver mis criaturas, tan distintas de las que siempre quise tener!

A principios de la primavera comencé a recoger abalones. Obtuve una buena cosecha que llevé hasta el promontorio para ponerlos a secar. Quería tener alimentos bastantes por si regresaban los aleutianos.

Un día, cuando me hallaba en el arrecife llenando de mariscos la canoa, vi una manada de nutrias marinas jugando en un banco de algas inmediato. Se perseguían unas a otras, hundiéndose por debajo del banco repentinamente para aparecer de pronto unos metros más allá. Era algo parecido al juego que solíamos emprender los chicos y chicas de mi tribu metiéndonos entre los matorrales de la isla. Busqué a *Mon-a-nee*, pero todos aquellos animales parecían iguales.

Llené, pues, la canoa de abalones, y empecé a remar hacia la orilla con una de las nutrias siguiéndome. Cuando me paré repentinamente, ella se puso frente a mí. Estaba aún alejada de la embarcación, pero ya sabía quién era. Nunca pensé llegar a identificarla de sus compañeras, aunque ahora estaba tan convencida de que se trataba de *Mon-a-nee*, que puse en alto, un poco separado de la canoa, uno de los peces que acababa de capturar.

Las nutrias marinas son animales de movimientos rapidísimos dentro del agua, y antes de que pudiera darme cuenta ya me lo había quitado de la mano.

Durante un par de lunas no volví a ver al animal, y luego una mañana, mientras estaba pescando, emergió de repente en el banco de algas. Llevaba detrás a dos crías. Eran del tamaño de unos perritos de pocos días, y se desplazaban con tal lentitud que *Mon-a-nee* tenía que darles prisa para acelerar sus movimientos. Las nutrias de mar no saben nadar cuando nacen, y su madre tiene que enseñarles enseguida. Poco a poco logra mostrarles lo que deben hacer, dándoles golpecitos con sus aletas, y después nadando en círculo alrededor de las crías, hasta que éstas han aprendido a imitar su forma de proceder.

Mon-a-nee llegó muy cerca del arrecife, momento que aproveché para arrojar un pez vivo dentro del agua, de los que ya tenía en mi cesto. No lo atrapó instantáneamente, según era su costumbre, sino que estuvo esperando a ver qué harían sus crías. Cuando éstas demostraron interesarse más por mí que por la comida, y el pez empezaba a deslizarse veloz hacia la libertad, lo cogió con sus agudos dientes lanzándolo justo delante de las pequeñas nutrias.

Volví a echar otro pez delante de *Mon-a-nee*, y de nuevo hizo lo mismo. Pese a ello, las nutrias pequeñas no supieron lanzarse a por el pez, y al fin, cansada de los juegos y pérdidas de tiempo, nadó hasta ponerse junto a ambas crías y empezó a darles empujones con el hocico. Entonces fue cuando comprendí que *Mon-a-nee* era su madre. Las nutrias escogen compañera para toda la vida, y si muere la madre el padre se encarga de alimentar y cuidar a las crías. Eso es lo que debía haberle ocurrido a *Mon-a-nee*.

Miré a las nutrias que nadaban felices junto al arrecife.

—*Mon-a-nee* —le dije—. Voy a darte un nuevo nombre. El que te corresponde es *Won-a-nee*, porque significa «La Chica de los Ojos Grandes».

Las crías de nutria son animales de un crecimiento muy rápido, y pronto estuvieron aquéllas tomando directamente el pescado de mi mano, aunque el abalone por mí lanzado alcanzase el fondo del arrecife, y luego se zambullía, emergiendo con el marisco sujeto al cuerpo con una aleta, y llevando en la boca un pedazo de roca. A continuación se ponía a flotar de espaldas, y, colocando el abalone sobre su ancho pecho, lo golpeaba una y otra vez con la roca hasta romper la concha.

Enseñó a sus crías a hacer otro tanto. A veces estaba yo sentada en el arrecife la mañana entera, viéndolas a las tres golpear la dura concha contra el pecho. Si no hubiese sabido que todas las nutrias del contorno hacían lo mismo para poder comer los abalones, me habría parecido que *Won-a-nee* era la inventora de un nuevo juego, sólo por su afán de complacerme. Pero lo cierto es que sus congéneres lo hacían igual. Algo que me maravillaba entonces, y que sigue dejándome perpleja hoy.

Después de aquel verano, una vez que me hice amiga de *Won-a-nee* y sus crías, nunca he vuelto a matar una nutria marina. Tenía a la sazón una capa de piel de ese animal, y la seguí llevando hasta su completo desgaste, pero jamás quise hacerme otra.

Tampoco volví a matar un cormorán para hacerme con sus plumas magníficas, aun siendo pájaros con un cuello largo y delgado, que están siempre emitiendo desagradables sonidos cuando hablan entre sí. Ni siquiera maté focas para aprovechar sus tendones; a partir de entonces me serví de algas para ligar o coser lo que necesitaba.

Incluso dejé en paz a los perros salvajes, a los elefantes marinos, a todos.

Ulape se hubiera reído de mí, y lo mismo el resto de la tribu. Pero el que más se hubiese divertido con mi proceder, a buen seguro, habría sido mi padre. Y, sin embargo, así es cómo había llegado a sentir en mis relaciones con los animales, que se convirtieron en mis amigos, y también con los que aún no lo eran, pero con el tiempo podían llegar a serlo.

Si Ulape y mi padre hubiesen aparecido riéndose, y todos los demás de la tribu otro tanto, aun entonces hubiera continuado procediendo del mismo modo. Porque los animales terrestres, los marinos y los pájaros, son como la gente para mí ahora, aunque no hablen ni hagan cosas que nosotros podemos realizar. Sin ellos este mundo sería muy triste.

Capítulo 24

Los aleutianos no regresaron nunca a la Isla de los Delfines Azules, pero por mi parte seguí vigilando cada verano para ver si aparecían, y a comienzos de la primavera salí a buscar mariscos, que luego ponía a secar y guardaba en la cueva en la que escondía mi canoa.

Dos inviernos después de haberse ido por segunda vez los aleutianos, fabriqué más armas: una nueva lanza, otro arco, y un carcaj para las flechas. Todo ello lo almacené en la cueva, debajo del promontorio, de manera que si venían otra vez los cazadores estuviera lista para trasladarme a otra zona de la isla; a irme moviendo incluso de cueva en cueva, viviendo en la misma canoa en último caso.

Durante varios veranos después de la última matanza las nutrias no quisieron volver a la Caleta del Coral y sus bancos de algas. Las viejas supervivientes de las lanzas aleutianas sabían ya que el verano era una época peligrosa en aquel lugar, y al aproximarse la fecha fatal conducían a la manada a otras aguas más pacíficas. Solían congregarse en los bancos de alrededor de la Roca Grande, y allí se quedaban hasta las primeras tormentas del invierno.

A menudo íbamos *Rontu* y yo hasta la Roca, y vivíamos varios días pescando para *Won-a-nee* y otras nutrias más que se habían hecho también amigas nuestras.

Un verano las nutrias no fueron a Roca Grande. Fue el año en que murió *Rontu*, y yo sabía que la cosa era debida a que no quedaba ninguna de las que recordaban la matanza de los aleutianos. Cierto que tampoco pensé ese verano mucho en ellas, ni en los hombres blancos que se fueron diciendo que volverían y, sin embargo, aún no habían aparecido.

Hasta ese verano había estado llevando la cuenta de todas las lunas transcurridas desde que mi hermano y yo quedamos solos en la isla. Por cada luna que pasaba hacía una marca en un poste colocado junto a la puerta del cobertizo. Ahora había infinidad de ellas: de arriba abajo. Después de aquel verano no practiqué más incisiones en el poste. El paso del tiempo significaba poco para mí, y me limité a cortar el poste señalando las cuatro estaciones del año. El último año ni siquiera eso hice.

Rontu murió al acabar el verano. Desde la primavera, cuando bajaba a la playa en busca de mariscos, o al arrecife para pescar, el perro no me seguía a menos de mandárselo. Gustaba de permanecer al sol ante nuestro cobertizo, y solía dejarle allí tranquilo, aunque la verdad es que no bajé a la playa o al arrecife con tanta frecuencia como en veranos anteriores.

Recuerdo la noche en que *Rontu* se puso en pie junto a la cerca y estuvo ladrando para que le dejara salir. Normalmente adoptaba esa costumbre en días de luna llena, volviendo al cobertizo con la aurora, pero aquella noche no había luna, y tampoco regresó al alba.

Estuve esperándole todo el día, hasta casi la puesta del sol, y luego salí en su busca. Pude identificar sus huellas y las seguí por el área de las dunas, y por una colina, hasta la guarida donde viviera antaño. Allí lo encontré, echado en el suelo al fondo de la caverna, solo. Al principio creí que estaba herido; luego vi que no tenía herida alguna. Lamió mi mano, pero sólo una vez. Después restó inmóvil; apenas respiraba.

Habiendo caído la noche, y siendo ya tarde para poder llevar a *Rontu* a casa, me quedé junto a él en la caverna. Estuve sentada a su lado, hablándole sin cesar, la noche entera. Al amanecer lo cogí en brazos y abandonamos la cueva. Pesaba poquísimo, como si algo, en su interior, se hubiese ido para entonces.

El sol estaba alto cuando pasábamos por el acantilado, y las gaviotas llenaban el cielo con sus chillidos. Levantó las orejas al escucharlas, y yo lo deposité en el suelo creyendo que quería dedicarles unos ladridos, según era su costumbre. Levantó en efecto la cabeza, y las siguió un tanto con la vista, pero sin emitir ladrido alguno.

—*Rontu* —le dije—, siempre te ha gustado ladrarles a las gaviotas. Durante mañanas y tardes enteras les dedicabas tus ladridos. Hazlo ahora por mí.

Pero no volvió a mirarlas. Con paso vacilante se fue acercando hasta donde yo estaba y cayó a mis pies. Puse mi mano sobre su pecho. Podía sentir los latidos de su corazón, pero sólo un par de veces, muy despacio, arriba y abajo como las olas en la playa. Luego cesó de latir.

—¡*Rontu*! —grité—. ¡*Rontu*!

Lo enterré en el promontorio. Cavé un agujero agrandando una resquebrajadura de la roca. Estuve trabajando dos días enteros desde la aurora a la puesta del sol, y lo deposité allí con algunas flores de las que crecían entre las dunas, además del palo que tanto le gustaba perseguir cuando se lo tiraba con ese fin. Luego cubrí su tumba con piedras de diversos colores que pude reunir en la orilla.

Capítulo 25

El invierno siguiente a la muerte de mi perro no fui una sola vez al arrecife. Comí de lo que había almacenado en casa, y únicamente salía del cobertizo para ir a la fuente en busca de agua. Fue un invierno duro, con salvajes ventarrones, lluvia continua, y el mar agitado moviendo un oleaje que se estrellaba contra los acantilados, de modo que no hubiera salido mucho de todas formas, aunque *Rontu* hubiese seguido a mi lado. Me entretuve preparando cuatro trampas con ramaje bien dispuesto.

Durante el verano anterior, cuando iba de camino hacia el lugar en que vivían los elefantes marinos, pude ver en cierta ocasión —sólo una vez— un perro joven que se parecía a *Rontu*. Estaba trotando en mitad de una de las manadas de perros salvajes, y aunque apenas pude echarle una ojeada estaba segura de que era hijo de mi perro.

Era más grande que los demás animales que iban junto a él, con pelo más espeso, ojos amarillentos, y un paso elástico, gracioso, elegante, idéntico al de *Rontu*. Planeaba capturarlo en la siguiente primavera gracias a las trampas preparadas durante el invierno.

Ese invierno los perros salvajes aparecieron con frecuencia por el promontorio, sabiendo que *Rontu* ya no vivía conmigo. Acabada la peor época de tempestades coloqué fuera las trampas, cebándolas con pescado. Atrapé varios de los perros salvajes que por allí merodeaban, pero no el de ojos amarillentos que pretendía, y como me daba miedo manejar semejantes perros, los fui soltando uno a uno.

Construí luego más trampas, colocándolas también, pero aun cuando los perros salvajes se acercaban no querían tocar el pescado. Entonces capturé una pequeña zorra de pelaje rojizo, que me mordió al sacarla de la trampa, pero pronto se hizo amiga mía y andaba de acá para allá pidiendo abalone. Era una perfecta ladrona. Cuando yo no estaba en casa siempre encontraba el medio de hacerse con mi comida, por muy escondida que la dejase; al cabo me harté y la puse en libertad en el barranco. No por eso dejó de presentarse a menudo en el exterior de la cerca, y rascaba con las patitas pidiéndome alimento.

Estaba visto que no podía apresar al joven perro que me interesaba valiéndome de una simple trampa, y ya pensaba en abandonar la partida cuando recordé la existencia de cierta hierba que usábamos en la tribu para capturar peces aficionados a vivir en las oquedades de la roca junto al mar, aquella especie de grandes charcas que ya he descrito. No es realmente una hierba venenosa, pero si introducíamos un poco en el agua, los peces quedaban panza arriba y flotando al poco rato.

Recordaba también dónde podía encontrarla, y desenterré un poco en el extremo opuesto de la isla. La fui haciendo pedacitos y los eché en el manantial al que solían ir a beber los perros salvajes. Estuve un día entero esperando. Al anochecer, la manada se acercó a la fuente. Bebieron hasta saciar su sed, pero no les ocurrió nada, o al menos poca cosa. Estuvieron haciendo unas cuantas cabriolas, mientras yo los contemplaba oculta entre los arbustos, y después se fueron trotando.

Al día siguiente se me ocurrió probar con «xuchal», que era algo utilizado por ciertos guerreros de nuestra tribu. Se prepara con conchas marinas molidas muy finas, y unas hojas de tabaco silvestre. Preparé un gran cuenco de aquello, mezclándolo después con agua, y lo puse junto a la fuente. Luego me oculté para observar qué ocurriría. Los perros se presentaron al anochecer, como de costumbre. Husmearon el recipiente y se echaron hacia atrás mirándose unos a otros, pero al cabo tornaron a acercarse y bebieron. Poco más tarde empezaban a caminar en círculo. De pronto fueron cayendo al suelo, sumidos en profundísimo sueño.

Había nueve de ellos durmiendo junto al manantial. La noche me impedía identificarlos cómodamente, pero tras cierto esfuerzo encontré al que me interesaba y me lo llevé a casa. Estaba roncando fuertemente, como si hiciera la digestión de una espléndida comilona. Lo cogí y regresé aprisa por el acantilado, temerosa a cada instante de que se despertara antes de haber alcanzado el promontorio.

Pude introducirlo con trabajo por el agujero de la cerca. Lo até con una fuerte correa, y dejé junto a él agua fresca y un poco de comida. No tardó en ponerse a roer la atadura. Estuvo aullando sin cesar, y trotando lo que le permitía la longitud de su correa, mientras yo preparaba la cena. Ladró también de continuo toda la noche, pero al amanecer, cuando me disponía a salir de casa, estaba durmiendo pacíficamente.

Mientras él roncaba tranquilamente junto a la cerca, pensé en varios nombres —uno detrás de otro se me iban ocurriendo— y al final, dado que se parecía extraordinariamente a su padre, lo llamé *Rontu-Aru*, que quiere decir «Hijo de Rontu».

En poco tiempo se hizo amigo mío. No era tan grande como su padre, pero tenía el mismo pelaje crespo y espeso de *Rontu* y ojos amarillentos. A menudo, viéndolo perseguir inútilmente a las gaviotas en el banco de arena, o ladrándoles a las nutrias marinas en el arrecife, me olvidaba por completo de que no era el propio *Rontu*.

Lo pasamos estupendamente juntos aquel verano, pescando, yendo a la Roca Grande, con la canoa. Sin embargo, cada vez pensaba más en mi hermana Ulape y en Tutok. Algunas veces creía escuchar sus voces en el viento y, frecuentemente, estando en el mar, el oleaje que batía contra los costados de la canoa me daba la impresión de ser ellas llamándome.

142

Capítulo 26

Tras las duras tempestades del invierno hubo muchos días en calma. El aire resultaba tan espeso que parecía difícil respirar, y el sol calentaba de modo que el mar se convertía en otro sol, reflejando con intensidad su luz hasta imposibilitar mirarlo.

El último día de aquel tiempo saqué la canoa de la caverna, y remé, costeando el arrecife, hasta el banco de arena. No me llevé a *Rontu-Aru* porque al perro, si bien le agradaba el frío, sufría con tanto calor. Fue una buena idea dejarlo en casa. El día era el más cálido de todos, y el mar espejeaba con luz rojiza. En los ojos me había puesto, para ver a través de ellos evitando la mayor parte del resplandor, unas protecciones de madera con dos pequeñas hendiduras. Ninguna gaviota tenía ganas de volar, y las nutrias, por su parte, aparecían tumbadas en los bancos de algas, mientras los cangrejos, que solían corretear por la arena, estaban ahora hundidos en los agujeros que les servían de guarida.

Saqué la canoa a la playa, con una arena tan caliente que casi ardía, húmeda pero a punto de desprender vapor al parecer. Al empezar la primavera tenía la costumbre de poner la embarcación boca abajo, y entonces iba colocando betún fresco en las hendiduras que pudieran amenazar el casco. Aquella mañana estuve trabajando en ello, y de vez en cuando me zambullía en el mar para refrescarme. Cuando el sol llegó al cenit me guarecí bajo la canoa y allí descabecé un sueño.

No llevaba mucho rato durmiendo cuando de pronto me despertó algo que suponía ser un trueno, pero mirando desde mi refugio improvisado no pude percibir la menor nube en el cielo. Sin embargo, el ruido sordo seguía escuchándose. Llegaba al parecer de cierta distancia, desde el sur, y conforme lo iba escuchando se hacía más y más fuerte.

Me puse de pie aprisa. Lo primero que vi fue el centelleante pedazo de playa que había en la colina sur del banco de arena. Nunca, en toda mi vida, había visto una marea tan baja. Rocas y arrecifes minúsculos que jamás afloraban estaban ahora expuestos al sol. Era como si la isla se hubiese convertido en otro lugar. Como si me hubiese puesto a dormitar en una isla, y hubiera despertado en otra distinta.

El ambiente empezó a hacerse irrespirable. Hacía un débil ruido, como si algún animal gigantesco chupase y chupase sin cesar el aire a través de sus dientes. El rumor sordo iba acercándose, procedente de un cielo sin nubes, hasta casi ensordecerme. Luego, al otro lado de la centelleante línea de playa, de los desconocidos arrecifes y rocas ahora al descubierto, más allá de una legua a partir de todo eso, vi una cresta blanca y enorme que se precipitaba contra la isla.

Parecía moverse entre el cielo y el mar, despacio, pero era realmente el propio mar. Me quité con brusco ademán la protec-

ción que había preparado para mis ojos y, llena de terror, corrí por el banco de arena. Iba a trompicones, cayendo aquí, levantándome enseguida, volviendo a caer más allá. La arena se estremecía bajo mis pies al atacarla la primera oleada. La espuma me cubrió como si hubiera sido espesa lluvia. Estaba llena de trozos de alga y de pececillos.

Siguiendo la curva del banco de arena podía alcanzar la caleta, y desde allí, por el sendero tradicional, subir hasta la meseta del promontorio. No tenía tiempo. El agua se precipitaba ya en torno mío, subiéndome hasta las rodillas, en remolinos cada vez más fuertes. Ante mí se alzaba el farallón, y aunque la roca estaba resbaladiza por causa del musgo marino, pude encontrar un sitio en el que agarrarme, y enseguida otro hueco para apoyar el pie. De ese modo, sujeta a la pared rocosa, y poco a poco, fui izándome hacia el extremo superior del acantilado.

La cresta de la tremenda ola pasó justo debajo de mí, tronando en su camino hacia la Caleta del Coral.

Durante cierto tiempo no se percibió sonido alguno. Luego, el mar empezó a retroceder, en busca de su antiguo lugar, originando espumosas y violentas corrientes. Por encima del hombro podía ver la ola que llegaba. No vino aprisa, pues la anterior estaba todavía de regreso. Hubo un rato en el que pensé que finalmente no llegaría, porque de pronto ambas se encontraron más allá del banco de arena, al otro lado del mismo. La primera ola gigantesca estaba intentando alcanzar el mar, y la segunda se abría paso en dirección a la orilla.

Chocaron entre sí como dos monstruos enormes. Se levantaron en el aire, inclinándose primero hacia un lado y luego hacia el otro. Se produjo un estampido como si inmensas lanzas se rompieran en combate, y a la luz rojiza del sol la espuma que rociaba el contorno parecía sanguinolenta.

Poco a poco la segunda ola triunfó de la primera que retrocedía camino de alta mar. Pasó despacio por encima de ella, y luego las dos juntas, como un vencedor que arrastra al caído, empezaron a moverse hacia la isla.

La ola se lanzó contra los farallones. Envió lenguas prolongadas que me envolvieron de tal modo que era imposible ver u oír.

Esas lenguas de agua entraron por todos los agujeros, resquebrajaduras, relieves de la roca, y tiraron de mis pies y mis manos aferrados a varios de ellos. Fueron trepando por la pared del acantilado hasta situarse muy por encima de donde yo permanecía agarrada, y después, deshaciéndose en un tremendo montón de espuma, cayeron pesadamente con un silbido incesante hasta mezclarse con el oleaje que llegaba camino de la caleta.

De pronto todo quedó muy tranquilo. En aquel profundo silencio podía escuchar el acelerado latir de mi corazón, notar que mis manos aún se aferraban desesperadamente a la roca, y que aún estaba viva.

Cayó la noche y seguía teniendo miedo de abandonar el acantilado; pese a todo, y sabiendo que me sería imposible resistir en la roca hasta la aurora, porque me dormiría y caería de lo alto, decidí hacer algo. Tampoco podía buscar en la oscuridad el camino de mi casa, así que en definitiva bajé hasta la arena y me eché a dormir al pie de la pared rocosa.

El amanecer trajo un día en calma y muy cálido. El banco de arena estaba sembrado de montones de algas. Peces, cangrejos, langostas y otros animales yacían muertos por todas partes. Dos pequeñas ballenas se habían perdido en las paredes rocosas de la caleta. Incluso en el extremo superior del sendero que desde ella ascendía a la meseta pude encontrar ese día animales de las profundidades marinas.

Rontu-Aru me esperaba. Cuando me arrastré por debajo de la cerca para entrar, saltó repetidamente junto a mí, y luego me fue siguiendo, sin perderme un instante de vista, todo el día entero.

Me sentía tranquila allá arriba, en el promontorio, donde las olas no podían llegar ni habían alcanzado a subir durante aquel fenómeno. Sólo había transcurrido un sol y, sin embargo, daba la sensación de que desde mi salida con la canoa horas antes habían transcurrido muchos. Estuve durmiendo casi todo el día pero con sueños extraños, y al despertar todo el paisaje que me rodeaba tenía un aspecto extraño. El mar no producía su ruido de siempre chocando contra la orilla. Las gaviotas estaban en tierra, silenciosas. La tierra parecía contener la respiración, como si esperase algo terrible.

Al anochecer volvía de la fuente con un recipiente lleno de agua sobre el hombro, paseando por lo alto del acantilado seguida de *Rontu-Aru*. Por doquier, hasta donde alcanzaba la vista, el océano estaba en calma, amarillento, recostándose contra la isla como si se sintiera cansado. Las gaviotas seguían quietas, alojadas en sus nidos del acantilado.

De pronto la tierra empezó a moverse. Se alejaba de mis pies y por un momento me dio la impresión de estar flotando en el aire. El agua saltó del recipiente azotándome el rostro. Luego el cesto cayó al suelo. Sin saber qué hacer, y creyendo estúpidamente que otra gran ola podría engullirme, empecé a correr sin ton ni son. Pero, aun cuando sí había una ola en movimiento, aquella ola era en plena tierra; tierra que se retorcía bajo mi paso a lo largo del acantilado.

Iba a toda velocidad cuando otra oleada me alcanzó. Mirando hacia atrás pude ver varias, una detrás de otra, que llegaban en dirección adonde yo estaba, procedentes del sur, como si fueran olas marinas. Lo último que recuerdo es que estaba en el suelo con *Rontu-Aru*, junto a mí, y los dos intentábamos ponernos en pie. Las oleadas terrestres corrían hacia el promontorio, hacia una cabaña que se bamboleaba en la distancia.

El agujero que me servía de acceso al cobertizo pasando bajo la cerca ya no existía. Tuve que retirar rocas de él antes de poder usarlo. Llegó la noche, pero la agitación de la tierra no había cesado todavía, y el suelo se levantaba y se hundía de nuevo como si algún inmenso animal respirase allí abajo. Podía oír las rocas que bajaban rodando desde los farallones hundiéndose con estrépito en el mar.

Mientras estuvimos en la cabaña el perro y yo, toda la noche, la tierra no cesó de temblar y no dejaron de desprenderse las rocas. No cayó, pese a todo, la grande, la del promontorio, como hubiese caído si quienes estaban agitando el mundo hubieran querido mostrarnos su extremo enfado con nosotros.

A la mañana siguiente la tierra estaba de nuevo en calma, y un fresco viento que olía a algas marinas soplaba en el mar, procedente del norte.

Capítulo 27

El terremoto hizo poco daño en la isla. Incluso la fuente, que dejó de manar durante unos días, volvió a fluir con mayor abundancia pasado ese tiempo. Pero las extrañas oleadas terrestres me habían costado todos los alimentos y armas que guardaba en la caverna, así como la canoa en la que estuve trabajando hasta esa jornada, y las que quedaron ocultas bajo los acantilados del sur de la isla.

La mayor pérdida la constituía la desaparición de las canoas. El intento de encontrar madera bastante para hacer otra me hubiera llevado toda la primavera y el verano. Por tanto, empecé, en cuanto hubo una mañana de buen aspecto, a buscar los restos que el oleaje hubiera dejado en la orilla. Entre las rocas cercanas a los acantilados del sur encontré parte de una canoa, enterrada en un montículo de arena y algas secas y retorcidas. Me pasé la mañana entera intentando liberarla, y una vez la tuve limpia no sabía qué hacer, cómo proceder para la reparación o aprovechamiento. Podía cortar las ligaduras y llevarme las planchas sueltas acantilado arriba, de dos en dos, cargadas a la espalda, pasando por la zona de las dunas. Aquello suponía muchos días de duro esfuerzo hasta poder colocar el material en la Caleta del Coral a salvo. También cabía la posibilidad de que reconstruyera una canoa allí mismo, entre las rocas, corriendo el riesgo de que otra tempestad volviera a meterla deshecha mar adentro antes de haber podido terminarla.

Finalmente no hice ni una cosa ni otra. Escogiendo el día en que el mar estaba más en calma, fui llevando partes de la canoa flotando, empujadas frente a mí mientras nadaba, a lo largo de todo el banco de arena y hasta entrar en la cala. Cuando terminé, aparté del agua todos los restos que había reunido, y fui subiendo las planchas sendero arriba, hasta alcanzar un sitio en el que ni el mayor oleaje pudiera arrebatármelas de nuevo.

Encontré después los restos de mi última canoa. Había quedado despedazada en un extremo de la cueva que no podía alcanzar, así que regresé a los acantilados del sur de la isla y rebusqué por entre los montones de arena y algas secas, hasta reunir suficiente número de trozos de madera, aparte de la que ya tenía, para fabricar otra canoa.

La primavera tocaba a su fin para entonces. El tiempo no era aún seguro, estable, porque una ligera lluvia aparecía casi a diario, pero de todos modos decidí comenzar la construcción de la nueva canoa, pues necesitaba salir en busca de pesca y mariscos. Ya no pensaba en los aleutianos, pero sin una embarcación para ir adonde quisiera me sentía insegura.

Las tablas eran casi todas de parecido tamaño: largas como mi brazo; pero procedían de distintas canoas y por tanto resultaba difícil irlas acoplando en una nueva. Claro que ya tenían hechos los agujeros correspondientes, lo que me ahorró tiempo y trabajo. Otra gran ayuda fue encontrar en la orilla, donde los había arrojado el mar, pedazos de betún, material no siempre fácil de conseguir en la isla, y que me iba a hacer mucha falta para mi labor.

En cuanto hube escogido las planchas, y les di forma, la cosa fue rápida, de tal modo que al terminar la primavera estaba lista para finalizar las junturas. Un día de mucho viento encendí una gran fogata para ablandar la pez. El viento era frío y me costó mucho esfuerzo conseguir que prendiera el ramaje y las maderas. Para acelerar la hoguera bajé a la playa en busca de algas secas.

Había empezado a caminar hacia donde tenía la hoguera encendida, y con los brazos repletos de lo que fui a buscar, cuando me giré para mirar el cielo, sintiendo, por el contacto del viento con mi cuerpo, que podía estar a punto de estallar una tormenta. Hacia el norte, el cielo carecía de nubes, pero por el este, de donde solían a veces llegarnos tormentas a la isla en aquella estación, unos grises nubarrones iban amontonándose unos encima de otros.

En ese momento, entre las negras sombras que comenzaban a formarse como consecuencia de las nubes, vi algo más y muy importante. Olvidando que llevaba encima todo un cargamento de algas secas proyecté ambos brazos hacia el firmamento. Las algas se desparramaron.

¡Un barco! Había un barco en el mar, a mitad de camino entre la línea del horizonte y la costa.

Cuando hube alcanzado el promontorio, el barco estaba ya mucho más cerca, moviéndose rápidamente gracias al fuerte viento que soplaba entonces. Podía ver que no tenía el bauprés en forma de pico del de los aleutianos. Tampoco, cosa curiosa, me recordaba al de los hombres blancos, cuyas formas y perfil me era imposible olvidar.

¿Por qué habría llegado hasta la Isla de los Delfines Azules? Me agazapé en el extremo del promontorio, preguntándome —entre los latidos desacompasados de mi corazón— si los hombres que lo tripulaban vendrían para cazar nutrias. Si eran cazadores tenía que ocultarme antes de que me vieran. Pronto encontrarían la hoguera y la canoa que estaba construyendo, pero de todos modos quizá lograse ponerme a salvo en la cueva de la otra vez. Ahora bien, si eran gente enviada por los de mi tribu para llevarme con ellos, en tal caso debía mostrarme.

El barco avanzaba ahora despacio entre las rocas negras, entrando poco a poco en la Caleta del Coral. Ahora podía ver bien a los navegantes, y ninguno de ellos parecía un aleutiano.

Botaron al agua un bote y dos de los tripulantes remaron hasta la orilla. Había empezado a soplar fuerte el viento, y los hombres tropezaban con dificultades llegado el momento de desembarcar. Finalmente, uno se quedó junto al bote para vigilar el mar, y el otro, un hombre barbudo, recorrió la playa y empezó a subir por el sendero.

Desde donde yo estaba no podía verle, pero al cabo de un rato oí un grito, luego otro, y entonces comprendí que había descubierto la hoguera y la canoa. No contestó ni el que se había quedado junto al bote, ni ninguno de los del barco; así, que era seguro que me estaba llamando.

Me deslicé roca abajo y fui a casa. Como llevaba los hombros desnudos me coloqué la capa de nutria marina. Tomé también la falda de plumaje de cormorán, y la caja de conchas de abalone en la que guardaba mi collar y mis pendientes. Luego, acompañada por *Rontu-Aru*, descendí por la senda que bajaba hasta la Caleta del Coral.

Llegué al montículo en el que mis antepasados acamparon en otras épocas durante el verano. Pensaba en ellos y en los felices momentos que había pasado en mi cabaña del promontorio, y también en mi canoa sin terminar, allí, junto a un sendero. Pensé en muchas cosas, pero sentía irresistible el deseo de encontrarme con la gente, de vivir donde ellos vivían, de oír sus voces y escuchar sus risas.

Abandoné el montículo y el césped que crecía entre los intersticios de las conchas que lo formaban. Ya no oía al hombre llamarme, de manera que corrí a toda prisa. Cuando llegué al punto en que los dos senderos se unían, sitio en el que había encendido la hoguera, vi solamente las huellas que el hombre había dejado.

Las seguí hasta la cala. La canoa había regresado al barco, y el viento aullaba cada vez con más violencia. La bahía empezaba a llenarse de niebla y el oleaje azotaba la orilla. Levanté la mano y grité. Grité sin descanso, pero el viento arrastraba mis palabras en otra dirección. Corrí por la arena hasta meterme un trecho dentro del agua, pero los hombres del barco no me vieron.

Empezaba a llover con violencia y el viento hacía que el agua me diera en el rostro. Continué avanzando por el agua sin preocuparme del agitado oleaje, y levantando ambos brazos para llamar la atención de los del barco. Poco a poco, entre la niebla, la embarcación se perdió de vista. Tomó la dirección del sur. Por mi parte, permanecí en el mismo sitio hasta verla desaparecer por completo.

Capítulo 28

Habían pasado ya dos primaveras cuando una mañana de nubecillas blancas y mar en calma volvió el barco. Con la aurora lo vi desde el promontorio, un puntito en el horizonte. Cuando el sol estuvo alto, la embarcación ancló en la Caleta del Coral.

Hasta el anochecer permanecí espiando desde el promontorio mientras los tripulantes instalaban un campamento en la orilla y encendían fuego. Luego me volví a casa. No logré conciliar el sueño, pensando en el hombre que un día estuvo llamándome.

La verdad es que había recordado aquella voz durante mucho tiempo, después de la noche en que la tempestad alejó el barco de la isla. Día a día, durante dos primaveras y dos veranos, acudí al promontorio a vigilar la posible llegada del barco un par de veces cada día: al amanecer y al anochecer.

Aquella mañana percibía claramente el humo de sus fogatas. Bajé al barranco y me bañé en la fuente. Después me vestí con la capa de piel de nutria y la falda de plumas de cormorán. Me puse asimismo el collar de piedras negras y los pendientes haciendo juego. Con yeso azulado tracé la marca de nuestra tribu de lado a lado de mi nariz.

Luego hice algo que me daba un poco de risa incluso a mí misma. Hice lo mismo que mi hermana mayor Ulape cuando salió de la Isla de los Delfines Azules. Bajo la señal que me identificaba como perteneciente a mi tribu, tracé otra que daba fe de mi soltería. Ya no era una chiquilla, pero la hice de todas maneras utilizando el mismo yeso azul y algo de blanco para unas marcas de arriba abajo.

Regresé a casa, y tras encender el fuego guisé un poco de comida para *Rontu-Aru* y para mí.

Como yo no tenía apetito, el perro despachó ambas raciones. Entonces le hablé así:

—Nos marchamos. Nos vamos de la isla.

Pero él se limitó a echar la cabeza a un lado, como hiciera su padre a menudo, y al ver que yo no decía una palabra más, salió trotando en busca de un lugar al sol. Cuando lo encontró se tumbó en el suelo, y se durmió inmediatamente.

Ahora que el hombre blanco había regresado a la isla no podía hacerme una idea de cuál iba a ser mi vida cuando atravesara el mar. Tampoco me era posible imaginar cómo resultarían ser lo mismo los blancos que su género de vida, y ni siquiera calculaba exactamente la existencia que llevaría mi pueblo, con el que perdí el contacto tantos años antes.

Por otro lado, y mirando atrás, me era imposible distinguir exactamente cada uno de los muchos veranos, inviernos y primaveras, que pasé sola. Todos formaban una temporada continua y triste en mi pensamiento; una sensación que me oprimía el corazón. Nada más.

La mañana era muy soleada. El viento traía olor a mar y a las criaturas que en él viven.

Vi a aquellos hombres mucho antes de que ellos se dieran cuenta de la existencia de mi casa en el promontorio, cuando caminaban allá lejos por las dunas, rumbo al sur. Eran tres, dos muy altos y otro de estatura más bien baja, con un traje largo y flotante de tonos grisáceos. Salieron de la zona de las dunas y empezaron a encaramarse por el acantilado. Al ver la columna de humo que originaba mi hoguera, siguieron en esa dirección y al cabo dieron con la cabaña.

Pasé bajo la cerca quedando luego de pie frente a ellos. El hombre del traje negro y gris tenía una fila de cuentas en torno al cuello, y colgando de ella un adorno de madera brillante. Levantó una mano e hizo en el aire y hacia mí un gesto de la misma forma que el adorno. Luego, uno de los dos hombres que le acompañaban me habló. Sus palabras producían el sonido más extraño que hasta entonces hubiera escuchado. Me dieron ganas de reír, pero pude evitarlo mordiéndome la lengua.

Moví la cabeza dirigiéndole una sonrisa. Él me habló otra vez con más lentitud, y aunque sus palabras me parecían tan extrañas e incomprensibles como antes, al menos daban la impresión de ser suaves y agradables. Eran el sonido que producía una voz humana, y no hay ninguno en el mundo que se le pueda comparar.

El hombre levantó su mano señalando la cala, y trazó en el aire una figura que quería representar una embarcación.

Ante esto asentí con un movimiento de cabeza, y señalé los tres cestos que había colocado junto al fuego, a la vez que indicaba mediante señas mi deseo de llevarlos al barco. Incluí en esos gestos la jaula que contenía a mis dos pajaritos.

Hubo muchos más gestos por ambas partes antes de dirigirnos al barco, aunque los blancos sólo hablaron entre sí. Dieron muestras de agrado ante mi collar, la capa de nutria y la falda de cormorán que espejeaba al sol. Pero una vez que hubimos llegado a la playa, donde tenían instalado el campamento, lo primero que les dijo a sus compañeros el hombre del traje largo fue que procuraran buscarme un vestido.

Sabía lo que les recomendó porque se me acercó un hombre, y mantuvo una cuerda primero desde mi cuello hasta mis pies, y luego de uno a otro lado de mis hombros.

El traje que me hicieron era azul. Lo componían unos pantalones iguales a los que llevaban los tripulantes de la embarcación. Primero cortaron los pantalones en varias piezas, y después uno de los blancos se sentó sobre una roca y los cosió con una cuerdecita blanca finísima. Tenía una nariz muy larga, del estilo de la aguja que estaba usando. Estuvo toda la tarde allí quieto con la aguja arriba y abajo, a un lado y otro, reluciendo al sol.

De vez en cuando mantenía el traje suspendido en el aire, y movía la cabeza en señal de complacencia. Yo le imitaba como si el traje me gustara, aunque la verdad es que no me agradaba en absoluto. Quería seguir llevando mi falda de plumas de cormorán, y mi capa de nutria, que componían un vestido mucho más bonito que el que aquel blanco me estaba preparando.

El traje me llegaba de la garganta a los tobillos, y ni me gustaba el color ni la forma; además, daba bastante calor. Sin embargo, no dejé de sonreír, y guardé la falda de plumas de cormorán en uno de los cestos; porque estaba dispuesta a seguir llevándola también cuando me encontrara al otro lado del mar y no anduvieran a mi alrededor aquellos hombres.

El barco estuvo fondeado en la Caleta del Coral nueve días. Había venido la tripulación para cazar la nutria marina, pero dichos animales se escaparon sin duda al ver el barco. Alguna nutria debía de quedar de las que recordaban la matanza hecha por los aleutianos, pues la cuestión es que no se dejaron ver.

Yo sabía muy bien hacia dónde habían ido las nutrias. Se escaparon camino de la Roca Grande, pero cuando los hombres blancos me mostraron las armas que traían para cazarlas, moví la cabeza fingiendo no entender. Entonces ellos señalaron mi capa de piel, pero seguí en la misma actitud.

Les pregunté acerca del barco que se llevó a mi pueblo de la isla muchos años antes, valiéndome para ello de señas, movimientos de las manos trazando en el aire el contorno de una embarcación, indicación de ir hacia el este, pero no me entendieron. Seguí sin tener noticias de los míos hasta después de haber llegado a la misión de Santa Bárbara. Allí me encontré con el padre González, y él me explicó que ese barco por el cual yo preguntaba se había hundido a consecuencia de una gran tempestad, poco después de alcanzar el país, y se daba la circunstancia de que en todo el océano no había noticias de él. Ésa era la razón por la cual los hombres blancos no fueron otra vez a la isla para buscarme.

Al décimo día zarpamos por fin. Era una mañana de cielo azul, casi sin viento. Fuimos siguiendo derechamente el curso del sol.

Durante largo rato permanecí inmóvil, contemplando cómo se alejaba de nosotros la Isla de los Delfines Azules. Lo último que de ella vi fue el alto promontorio. Pensaba en *Rontu*, descansando ahora bajo piedras de muchos colores, y en *Won-a-nee*, dondequiera que estuviese, y en la pequeña y rojiza zorra que rascaba en vano la cerca de mi casa, y en la canoa oculta en la cueva. Pensaba también en los felices tiempos pasados allí.

Los delfines saltaban fuera del agua y nadaban delante del buque. Luego nos siguieron durante muchas leguas aquella mañana, a través de las claras aguas de esa zona, trazando con sus cabriolas complicados dibujos. Mis pajarillos piaban alegres en su jaula, y *Rontu-Aru* estaba tendido a mis pies.

Nota del Autor

La isla que en nuestra obra denominamos de los Delfines Azules la habitaron por primera vez unos indios alrededor de dos mil años antes de Jesucristo, pero no fue descubierta por el hombre blanco hasta el año1602 de nuestra era.

En dicho año, el explorador español Sebastián Vizcaíno zarpó de México, buscando un puerto en el que los galeones, que traían anualmente ricos tesoros desde Filipinas a América, pudieran refugiarse si llegaban a verse en dificultades. Navegando rumbo al norte, a lo largo de la costa de California, este explorador avistó la isla, destacó un bote y algunos hombres hacia ella, y la bautizó como «Isla de San Nicolás», en honor del santo patrono de los marineros, viajeros en general y mercaderes.

Con el paso de los siglos, California, antes posesión española, se convirtió en territorio mexicano y, por último, de Estados Unidos. Durante muchísimos años sólo visitaron la isla, y de forma muy irregular, algunos cazadores. Sus pobladores indios vivieron en completo aislamiento.

Esta «Robinson Crusoe», cuya historia he intentado trazar, vivió verdaderamente en la isla —absolutamente sola— desde 1835 a 1853, y la historia la conoce como «La Mujer Perdida de la Isla de San Nicolás».

Poco es lo que acerca de su vida se sabe con certeza. Según los informes oficiales emitidos por el capitán Hubbard, cuya goleta transportó a tierra firme a los indios de Ghalas-at, sabemos con seguridad que la muchacha se tiró al mar pese a los esfuerzos de todos por impedirlo. De acuerdo con el diario de a bordo debido al capitán Nidever, sabemos que él la encontró dieciocho años más tarde, viviendo sola con un perro en una cabaña primitiva, sobre un promontorio de la isla, y vestida con una falda de plumas de cormorán. El padre González, de la Misión de Santa Bárbara, que fue quien la atendió después de su rescate, logró averiguar que su hermano había sido muerto por los perros salvajes que merodeaban por la isla. Poco más pudo llegar a conocer, porque la india sólo le hablaba mediante señas y gestos. Ni el padre González, ni ninguna de las personas de raza india que tenían contacto con la Misión, y por cierto que no faltaban en esa época, pudo comprender el extraño lenguaje de la interesada. Para entonces, los demás indios de Ghalas-at habían desaparecido ya.

«La Mujer Perdida de la Isla de San Nicolás» está enterrada en una colina próxima a la Misión de Santa Bárbara. Su falda hecha con plumas verdes de cormorán fue enviada un día a Roma.

La isla de San Nicolás es la más alejada de la costa en el grupo conocido en California como «Islas del Canal». Se encuentra a unas 75 millas marinas al sudoeste de la ciudad de Los Ángeles. Durante muchos años los historiadores creyeron que habían llegado a ella sus primeros pobladores hace unos seis siglos. Posteriormente, las pruebas científicas llevadas a cabo mediante el procedimiento que se conoce como «Carbono-14», realizadas sobre objetos extraídos de ciertas excavaciones, demuestran sin lugar a dudas que los indios llegaron a esa isla, procedentes del norte, mucho antes de la era cristiana.

Las imágenes trazadas allí por los indios de las criaturas terrestres, marinas o del aire, son semejantes a las que cabe encontrar en la costa de Alaska. Se trata de unas representaciones gráficas realizadas con habilidad extraordinaria. Se conservan hoy en el «Museo del Sudoeste» en Los Ángeles.

El futuro de la isla de San Nicolás no está claro. Los científicos predicen que a causa del furor de las olas en esa zona, y de la violencia de los vientos que la azotan, quizás acabe un buen día por desaparecer bajo las aguas.

Al escribir La Isla de los Delfines Azules he recibido estimable ayuda de Maude y de los Lovelace, así como de Bernice Eastman Johnson, del «Museo del Sudoeste». Deseo igualmente expresar mi gratitud a Fletcher Carr, antiguo encargado del «Museo del Hombre» en San Diego, California.